KB075838

김정선

교정지와 처음 인연을 맺은 이십 대 후반부터 27년간
남의 글을 손보는 일을 하며 지냈다. 일하는 틈틈이 부업으로
우리말 지식과 이야기를 버무린 문장 다듬기 안내서
『내 문장이 그렇게 이상한가요?』와 한국어 동사의 활용을
정리한 책『동사의 맛』을 비롯해『소설의 첫 문장』, 『나는
왜 이렇게 우울한 것일까』, 『오후 네 시의 풍경』을 썼다.
지금은 외주 교정 일을 그만두었다. 비로소 교정자가 아니라
저자로서 책을 냈다는 느낌이 든다.

열 문장 쓰는 법

열 문장 쓰는 법

못 쓰는 사람에서
쓰는 사람으로

김정선 지음

열 문장 쓰는 게 목표입니다

글쓰기 책을 감탄하면서 읽은 기억이 별로 없습니다. 이렇게 써 놓고 깜짝 놀라 다시 생각해 보니 정말 그렇더군요. 뭐 그리 놀랄 일도 아닙니다. 제가 속한 세대는 글을 잘 쓰는 방법보다는 글씨를 예쁘고 정갈하게 쓰는 방법을 더 고민한 세대니까요. 글 잘 써 봐야 쓸데가 없었거든요. 학교 친구나 군대 선임 연애편지를 대신 써 주느라 애만 먹게 된달까요. 반면 글씨를 예쁘고 정갈하게 쓰면 어디서나 관심을 받고 요샛말로 '인싸'가 되는 시절이었죠. 그러니 글쓰기 책은 우리 세대에게 익숙지 않은 게 사실입니다.

정확히 표현하자면, 글쓰기 책이 아니라 글 다듬기 책

을 내고 여기저기 강연을 다니면서 알게 되었습니다. 지금은 글씨를 쓰는 시대가 아니라 글을 써야만 하는 시대라는 걸요. 글을 잘 쓰는 사람이, 예전에 글씨를 예쁘고 정갈하게 쓰던 사람이 받던 관심을 한 몸에 받게 되었다는 걸요. 시대가 바뀐 거죠.

문제는 글씨를 쓰는 시대건 글을 써야만 하는 시대건 저 같은 사람은 관심을 얻지 못한다는 겁니다. 타고난 재주도 딱히 없고 노력이라는 말이 지긋지긋하게만 느껴지는 사람. 변화를 따라가기는 해야겠지만 앞서갈 재주도 의지도 없는 사람. 불안한 마음에 글쓰기 책을 몇 권 구입해서 훑어보지만, 뭘 어떻게 해야 좋을지 난감하기만 한 사람.

실제로 강연을 다니면서 그런 분을 종종 봅니다. 다양한 경험을 했을 뿐 아니라 공부도 꽤 하신 분이어서 짧은 글 안에 이것저것 많이 담긴 했는데, 미처 정리가 안 되어 도무지 읽기가 어려운 글을 쓰시는 분 말이죠. 아니면 말로 하면 얼마든지 재미있게 들려줄 수 있는 이야기를 많이 알고 계신데 정작 글로 쓰라면 공연히 무겁고 뻔하고 진부한 표현만 늘어놓는 분도 계시고요. 문장을 짧게 쓰는 게 좋다는 말을 여기저기서 들으셨는지 비교적 짧은 문장을 구사하셨는데 내용이 제대로 연결되지 않아서 결국 요령부득의 글을 쓰시게 된 분도 빼놓을 수 없겠네요.

그래도 이런 분들은 글을 쓰려고 노력하신다는 점에서 절망적이지 않은 편입니다. 박사들이 즐비한 연구소에서 강연을 할 때 이런 질문을 받은 적도 있으니까요.

"전문 용어를 일반인도 알아들을 수 있도록 풀어서 쓰기가 너무 힘든데 그냥 보고서 쓰듯 써서 주면 편집자가 알아서 그런 문장으로 만들어 주지 않나요?"

이런 분이 아는 게 부족하거나 논리력이 달려서 글을 못 쓴다고 여길 분은 안 계실 겁니다.

예로 든 분들 모두 무슨 큰 문제가 있어서가 아니라 단지 한국어 문장을 쓰는 일에 익숙지 않아서 낭패를 보시는 것뿐입니다. 그런데 글쓰기 책을 보면 독자가 한국어 문장을 쓰는 데 이미 익숙해 있다고 전제하고 내용을 전개하고 팁을 제시하고 있어서 큰 도움이 안 되겠더라고요. 글쓰기 책을 추천해 드리기가 영 주저되곤 했죠. 고민 끝에 이렇게 제가 직접 쓰게 되었네요. 글쓰기 책엔 별 관심도 없던 제가 말이죠.

제목에 들어간 '열 문장'은 열 개의 문장을 뜻하기도 하고, 열거된 문장을 가리키기도 하면서, 동시에 한 편의 글을 이루는 여러 개의 문장을 말하기도 합니다. 단지 한 문장을 제대로 쓰는 게 어려워서 글쓰기가 힘들다고 고민하는 건 아니니까요. 우리가 바라는 건 최소한 열 문장 정도는 큰 문제 없이 써 내려가는 거잖아요. 매번 열 문장 정도만 무리 없이 써 내려갈 수 있다면 한 편의 글을 쓰는 일도 그렇게 어렵지 않게 여겨질 테니까요. 그다음은 각자가 알아서 하면 되는 거고요.

그러니 이 책은 한국어 문장을 쓰는 일에 익숙해지도록 돕는 책이라고 해야겠군요. 말하자면 불쏘시개 역할을 하는 책이랄까요. 당연히 길고 두꺼울 필요는 없겠죠. 불쏘시개 역할만 하면 그만이니까요. 팁이랍시고 구구절절이 늘어놓고 싶지 않았습니다. 다만 이른바 '체언 위주의 문장'을 쓰는 습관을 고칠 수 있는 팁을 사족처럼 부록으로 달아 놓긴 했습니다.

제 강연을 처음 듣던 날부터 책으로 묶어 내자고 제안해 준 유유출판사 조성웅 대표에게 고맙다는 말을 전하고 싶습니다. 초고부터 함께 읽어 가면서 조언과 관심을 아끼지 않은 유유 식구들, 그리고 특히 편집을 맡아 이런저런 실수들을 수정하게 해 준 전은재 편집자에게도 고마움을 표하고 싶군요. 늘 '유유다움'을 일깨우는 멋진 표지를 만들어 주는 이기준 디자이너에게도 인사를 전합니다. 그동안 제 강연에 함께해 주신 분들, 특히 값진 글을 내주신 분들에게는 그야말로 특별한 고마움을 전해야 할 것 같군요.

그리고 마지막으로, 모두에게 행운을 빕니다!

1
{ 글쓰기가 어려운 이유 }

글쓰기는 번역입니다. 아무리 생각해도 그렇습니다. 모든 글쓰기가 다 그렇다고 말하는 건 무리겠지만 최소한 제가 알고 있는 글쓰기는 그렇습니다. 나만의 슬픔, 나만의 아픔, 나만의 기쁨, 나만의 분노, 나만의 생각, 나만의 의견을 모두에게 통용되는 언어로 표현해야 하니까요.

사실 글쓰기가 어려운 것도 다 이 때문이죠. 번역을 해야 하니 어렵지 않다면 외려 이상하겠죠.

뭘 어떻게 써야 할지 모르겠다 싶을 때, 우리가 느끼는 당혹감은 대부분 '나만의 것'과 '모두의 언어' 사이의 좁힐 수 없는 거리 때문일 겁니다. 그 거리가 모든 '나만의 것'을 어지럽게 만드니까요. 나만의 슬픔을 나만의 언어로 표현하면 그뿐이라면 어려울 게 뭐가 있겠습니까. 하지만 당연히 소통은 안 되겠죠. 거꾸로 원활한 소통을 선택하면 나만의 그 무언가는 온전히 표현되지 못할 테고요. '모두를 배신할 것이냐 아니면 나 자신을 배신할 것이냐. 이것이 문제로다'가 아니라, 당연히 모두를 선택해야죠. 글쓰기의 목적은 무엇보다 소통에 있으니까요.

다만 그 정도는 선택할 수 있을 겁니다. '어차피 모두의 언어로 쓰는 건데 나만의 것이 무슨 의미가 있겠어' 하는 마음으로 글을 쓴다면 아마도 신문 사설 같은 글을 쓰게 되지 않을까요. 반면 '나만의 무언가를 표현하고 싶어서 글을 쓰는 건데 모두에게 단번에 이해되는 게 뭐 그렇게 중요하겠어' 하는 심정으로 글을 쓴다면 그야말로 '나만의 글쓰기'가 되겠죠. 물론 선택지가 양극단만 있는 건 아니겠지만요.

아니 어쩌면 '나만의 것'만 표현한 글이나, '모두의 언어'로만 표현된 글을 쓰는 건 불가능할는지도 모릅니다. 글을 쓰면서 그 두 가지 중 하나만 염두에 둘 수는 없을 테니까요.

미국의 에세이스트 리베카 솔닛은 자신의 에세이 『멀

고도 가까운』(김현우 옮김, 반비, 2016)에서 글쓰기에 대해
이렇게 정의를 내린 바 있습니다.

글쓰기는 누구에게도 할 수 없는 말을 아무에게도 하지
않으면서 동시에 모두에게 하는 행위이다.

무슨 말인가 싶겠지만, 일기를 쓸 때 우리가 하는 행
동을 생각해 보면 금방 이해가 될 겁니다. 일기 쓰기는
"누구에게도 할 수 없는" 얘기를, 자신 말고는 "아무에
게도 하지 않으면서 동시에 모두에게 하는" 행위이니까
요. 아무에게도 말하지 않을 거면서 우리는 가능하면 제
대로 된 문장을 쓰려고 애쓰고 때로는 좀 더 나은 단어
를 골라 쓰기 위해 고민하지 않나요. 그러니 일기는 그
'나만의 것'이 어떻게 '모두의 언어'로 표현되는지 가장
잘 보여 주는 사례라고 할 수 있겠죠.
결국 어떤 성격의 글을 어떤 방식으로 쓰든, 글을 쓰
는 순간 우리는 이미 소통을 시작하는 셈이라고 말해도
지나치지 않을 겁니다.
따라서 글을 쓰려고 시도할 때마다 머릿속이 하얘지
는 건 '나만의 것'과 '모두의 언어' 사이에서 어느 정도로
타협을 해야 할지 도통 알 수 없어서겠죠. 숙달되기 전

까진 그 타협이란 게 어떤 건지 알 도리도 없을 테니 말이죠. 아마도 '모두의 언어'에만 익숙지 않은 게 아니라 '나만의 것'에도 익숙지 않을 게 뻔합니다. '모두의 언어'로 표현해 보기 전까진 '나만의 것'을 밖으로 꺼내서 그것이 정확히 어떻게 표현되고 어떤 이름을 부여받는지 확인해 본 적이 전혀 없을 테니까요. 다른 사람이 쓴 글을 읽을 때도 마찬가지일 겁니다. 그 사람이 쓴 '모두의 언어'에 자신만의 것이 과연 어떤 모습으로 담겨 있는지 파악하기 쉽지 않을 테니까요.

글쓰기가 '나만의 것'을 '모두의 언어'로 번역하는 행위라는 걸 받아들인다면 글을 쓴다는 행위가 그렇게 막연하게 느껴지지만은 않을 겁니다. 번역이란 결국 도착어로 표현해 내는 작업이니까, 출발어에 해당하는 '나만의 것'에만 머물러 있던 관심을 도착어로 향하게 해서 '모두의 언어'로 표현해 내는 방법을 익히면 되니까요. 물론 그 과정에서 나도 미처 모르고 있던 '나만의 것'을 새롭게 발견하는 재미도 느낄 수 있을 테고 말이죠.

2
{ 한 문장부터 }

당연한 말이지만, 일단 한 문장부터 씁시다. 다만 길이는 정하지 않고 쓰는 게 어떨까요? 요즘은 전문적으로 글을 쓰는 저자나 작가는 물론 그 글을 다듬어 책으로 내는 편집자도 무조건 문장을 짧게 쓰라고만 강조합니다. '단문교'短文教라는 종교 단체가 결성된 게 아닌가 의심이 들 정도로 단문에 대한 칭송은 거의 숭배에 가깝죠. 하지만 이는 글을 어느 정도 쓰고 다루는 사람에게나 해당되는 이야기일 뿐 아니라, 그 자체가 진리도 아닙니다. 삶의 호흡이 그만큼 짧아져서 그렇다면 할 말이 없지만, 세상살이의 희로애락이 모두 단문으로만 표현될 수 있는 건 아니니까요.

게다가 글을 자주 써 보지 않은 사람이라면 짧은 문장이 외려 더 부담이 될지도 모릅니다. 물론 단 한 문장을 짧게 쓰는 거라면 누가 못 쓰겠습니까. 그렇지만 우리의 목표는 열 문장을 쓰는 거잖아요. 짧은 문장으로 두세 문장 정도 쓰고 나면 그다음 이어갈 짧은 문장들이 부담으로 다가올 게 뻔합니다. 가령 이렇게 썼다고 해 보죠.

나는 김정선이다. 오십 대 초반의 한국 남성이다. 혼자 살고 있다.

그다음에 뭘 써야 할지 머릿속이 금세 하얘집니다. 쓸 내용이 생각나지 않아서가 아니라 비슷한 길이의 문장으로 같은 리듬감을 유지하면서 글을 이어가야 한다는 부담감 때문이겠죠. 이렇다 보니 나를 표현하느라고 머리를 쥐어뜯는 게 아니라, 짧은 문장을 만들어 내느라고 고심하게 되죠.

그러니 단문에 대한 집착을 버리고 최대한 길게 써 봅시다. 물론 처음부터 길게 쓰기가 쉽지 않을 테니 한 문장을 써 놓고 조금씩 조금씩 살을 붙여 보는 겁니다.

나는 김정선이다.

↓

나는 오십 대 초반의 한국 남성으로 이름은 김정선이다.

↓

나는 오십 대 초반의 한국 남성으로 이름은 김정선이고, 혼자 살고 있다.

이런 식으로 살을 붙여 나가는 거죠. 얼마나 쓸 수 있을까요? 내 얘기인데 그까짓 것 A4 용지 한 장은 충분히 채우고도 남겠지 뭐 하고 큰소리치실 분도 계시겠지만, 생각보다 쉽지 않을 겁니다. 자기 이야기를 쓰되 문장을 끊지 않고 계속 이어서 쓰는 것이 중요하니까요. 과연 얼마나 길게 쓸 수 있을지 한번 시도해 보시죠.

물론 문장을 끊지 말고 쓰라는 건 그저 재미로 그리하자는 것이니 집착할 필요는 없습니다. 그건 단문에 집착하는 것과 다를 게 없을 테니까요. 시도해 보고 안 되면 한두 번 정도는 끊어도 상관없습니다. 다만 되도록 긴 문장으로 자신을 표현해 보는 게 중요합니다.

3
{ 길게 이어지는 한 문장 쓰기 }

　써 보셨나요? 얼마나 길게 쓰셨나요? A4 용지 삼분의 일? 반? 설마 한 장 전체를 다 채우신 건 아니겠죠? 그랬다면 정말 대단한 겁니다. 자부심을 가질 만하달까요. 다만 안타깝게도 그 정도로 글을 쓰시는 분이라면 이 책을 계속 읽으실 필요가 없겠죠. 농담입니다!

　자신에 대해 얼마나 많은 걸 표현하셨나요? 혹시 글을 써 보기 전엔 전혀 몰랐거나 아니면 기연미연하기만 했지 정확하게 표현해 본 적 없던 사실을 눈으로 확인하게 된 것도 있나요? 계속 쓰다 보면 그런 부분이 더 많이 나오지 않을까요?

　참고로 저는 이렇게 썼습니다.

①

나는 오십 대 초반의 한국 남성으로 이름은 김정선이고 혼자 살고 있으며, 최근 지역 주민 센터에서 동사무소장의 직인이 찍힌 안내서를 한 통 받았는데, 독거노인과 달리 복지 사각지대에 처한 이른바 독거중년의 생활 실태 조사를 위한 통지서로, 고독사의 위험을 막고 건강한 중년을 보내도록 복지 혜택을 누릴 수 있게 돕겠다는 취지였지만, 나로서는 어쩐지 독거노인 취급을 받게 된 것 같아 기분이 썩 좋지 않았을뿐더러 설령 그 취지에 공감한다 하더라도 내가 그 혜택을 받을 대상자는 아니라고 판단했기에 따로 답을 하거나 동사무소로 찾아가서 등록 절차를 밟지는 않았는데, 요 근래 몸 여기저기가 이상 증세를 보여 병원을 찾을 일이 잦아진 데다 실제로 두 번이나 응급실에 다녀오기까지 한 것은 물론 심리적으로도 우울감에 빠지는 일이 많아서 혹시나 독거노인을 위한 비상벨 같은 걸 달아 준다면 신청할 만하지 않을까 하고 잠깐 고민해 보기도 했으나, 아무래도 지나치다 싶어 그만두었는데, 그 뒤로도 안내문은 버리지 않고 보관하고 있는 걸 보면 혹시나 하는 미련이 남은 듯해 여간 꺼림칙한 것이 아니지만, 그 덕분에 생각해 보게 된 것이 있으니, 주민 센터에서 내게만 이런 안내문을 보내진 않았을 테고 내가 살고 있는 지역에서만 이런 공무를 집행하는 것도 아닐 테니, 이 나라에 나 같은 처지에 놓인 사람이 꽤 많은 모양이구나 하는 생각이었다.

어떤가요? 읽어 줄 만한가요? '이 정도로 써야 하는 거야?' 하고 놀라실 분도 계시겠죠? 놀라실 필요 없습니다. 처음부터 저렇게 쓴 건 아니니까요. 그저 사례를 보여 드리기 위해 끙끙거리며 썼을 뿐입니다. 그렇다면 처음엔 어떻게 썼을까요?

②

나는 김정선이고 오십 대 초반의 한국 남성이고 혼자 산 지 4년째로 혼자 사는 데 큰 불편도 없고 원래 사람 만나는 걸 썩 좋아하지 않는 편이라 혼자 사는 게 외로워서 힘들지도 않을 뿐 아니라, 밥은 물론 반찬도 그럭저럭 만들어 먹을 수도 있어서 정말이지 불편을 못 느끼는데, 얼마 전 통지서를 받았는데 나를 독거중년이라면서 생활 실태 조사를 한다고 해서 기분이 살짝 안 좋았고, 내가 무슨 독거노인도 아닌데 왜 이런 걸 보내는지 동사무소장 직인이 찍힌 걸 보니 장난은 아닌 것 같아서 이건 정말 아니지 않은가 하다가 그래도 곰곰 생각해 보면 필요할 것도 같고 게다가 요즘 자주 여기저기 아팠으니까 혹시나 지난번처럼 응급실에 갈

일이 생길 수도 있고 특히 요즘은 우울감까지 생겨서 자칫 위험할 수도 있는데 뭐랄까 독거노인에게 달아 주는 비상벨 같은 걸 요구할 수도 있지 않을까 싶었는데……. 아무튼 이런 안내문을 보낸 걸 보면 나 같은 사람이 제법 많다는 걸 테니 도움을 받을 수 있다면 받는 것도 나쁘지 않을 것 같기도 했고…….

앞의 문장보다 확실히 어지럽죠? 한 번에 내용을 파악하기가 쉽지 않은 걸 보면 글을 쓰면서 전체적인 구성 같은 건 생각조차 못 하고, 그저 떠오르는 대로 쓴 듯 보이네요. 글이라고 하기에도 어쩐지 멋쩍은 문장입니다.

하지만 '모두의 언어'로 '번역'하기 전, 말하자면 이런 투박한 문장으로나마 표현되기 전의 상태, 그러니까 아직 생각이 '나만의 것'으로 남아 있을 때는 이보다 더 혼란스러웠을 게 분명합니다. 기억을 더듬어 보면 처음 머릿속에 떠올랐던 내용은 이랬지 싶네요.

③

나는 김정선, 오십 대 한국 남성, 혼자 살고 있고, 공동주택이 아닌 다가구주택에서 살고 있는데 오래된 동네라 4년째 살고 있는데도 같은 건물에 살고 있는 주인 할머니 말고는 동네 주민 누구와도 통성명을 해 본 적이 없고, 그래서 가끔은 숨어 사는 것처럼 여겨지기도 하는데, 이 상태가 마음에 들어 불만은 없지만, 다만 한 가지 걸리는 건 요즘 건강 상태가 안 좋을 때가 많아서 병원에 자주 가게 되는데 심지어는 응급실에 간 적도 두어 번 있어서 이러다가 혹시 집 안에서 혼자 쓰러져 일어나지 못하게 되는 건 아닌가 걱정이 되기도 하고 게다가 우울감이 심해질 때도 있어서 큰일 날 수도 있겠다 싶기도 한데, 얼마 전 동회에서 독거중년의 생활 실태를 알아보기 위한 안내문을 보낸 적이 있어서 왜 나한테 이런 걸 보내는 거야 하고 기분 나빠했지만, 지금 생각해 보니 독거노인을 위한 비상벨 같은 걸 지원받을 수는 있지 않을까 싶기도 한데…….

아니 다 거짓말입니다. 처음에 보여 드린 글이 연습 없이 바로 쓴 글이에요. 글을 쓸 때 머릿속은 물론 종이 위에서 벌어지는 일과 그사이에 글이 어떻게 달라지는지까지 한눈에 다 보여 드리고 싶어서 지어내 봤는데 잘 안 되는군요.

'자랑질'을 하려는 게 결코 아닙니다. 오랜 세월 남이 쓴 글을 다듬다 보니 글을 쓸 때면 초고, 재교, 삼교까지 교정을 봐 가면서 쓰는 습관이 생겼기 때문이니까요. 그러니 누구든 훈련만 거친다면 제아무리 길고 복잡한 문장이라 해도 주어와 술어를 자연스럽게 연결하는 데 능숙해질 수 있다는 말이기도 하니 기분 나빠하지 않기 바랍니다. 마치 운전을 처음 배울 때는 이것저것 신경 쓰고 작동시키느라 정신이 없어서 실수를 자주 하게 되지만, 능숙해지면 거의 아무 생각 없이 자동적으로 운전하게 되는 것처럼 말이죠.

아마도 제가 이런 직업에 종사하지 않았다면 원고 상태는 더 심각했을지도 모르죠. 이 정도쯤 되지 않았을까요?

④

나는 김정선이라고 하고, 서울 도봉구에서 혼자 살고 있고, 나이는 쉰셋, 직업은 뭐 그냥 이것저것 해 봤는데 신통치 않아서 그만둔 적도 많고, 부천에서 부모님 모시고 살다가 4년 전에 독립한 뒤로 올해로 어쨌든 4년 된 건데, 뭐 그럭저럭 별 탈 없이 살고 있다는 게 자랑스럽기도 하고 잘되기도 한 것 같기도 하고, 그래도 갱년기가 와서 몸이 여기저기 아픈 것 때문에 병원에 가야 할 때가 많아져서 쓸쓸할 때가 많은데 지난번엔 도봉구에 소재한 한일병원에서 내시경 검사하는데 보호자가 없으면 수면 내시경을 할 수 없다고 해서 수면 마취 하지 않고 그냥 한 것만 빼면 뭐 남부럽지 않게 살고 있으니 불만은 없지만, 그래서 우울감이 생겨도 심각하게 여기지 않겠지만, 지난번에 동회에서 편지를 보냈는데 나처럼 혼자 사는 중년을 검사해서 문제가 생기는 걸 막으려고 창동 동사무소장이 직접 편지를 쓴 게 나한테 와서 독거노인이 돼 버린 게 좀 기분 나빴지만, 내가 갑자기 아파서 응급실 같은 데 가야 할 때가 왔을 때, 실제로 두 번이나 그렇게 가 봤으니까 거짓말은 아니지만 독거노인을 위해 감시용으로 하는 비상벨 같은 게 내 집에도 있다면 안심이 되지 않을까 잠깐 생각해 봤다.

어떤가요? 여러분이 쓰신 것과 비교하면……. 이제 좀 안심이 되나요?

그럼 이제 여러분이 쓰신 걸 초벌 원고가 있다면 그것과 비교해 보면서 어떤 차이가 있는지 살펴보실까요.

4
{ 한 문장을 길게 쓰는 연습이 필요한 이유 }

어떤 차이가 있던가요? 여러분이 쓰신 글에서 차이를 발견하지 못했다면(자기가 쓴 글을 냉정하게 비교하긴 쉽지 않으니까) 제가 쓴 글을 비교해 보셔도 좋습니다. 29쪽의 ④번 글과 25쪽의 ①번 글을 비교하면 어떤 차이가 두드러지나요?

두 글 다 내용에선 큰 차이가 없습니다. 하지만 ④번 글은 전반적으로 조리가 없고 주어와 술어가 서로 맞지 않는 문장도 많죠. 그래서인지 비슷한 내용을 담고 있는데도 무슨 이야기를 하는지 종잡을 수가 없습니다.

기왕 비교해 본 것이니 ②번, ③번 글과도 비교해 볼까요. 순서로 보면 ④번 글이 초고에 해당하고 ③번 글이 한 번 수정을 거친 글이고 다시 수정된 ②번 글을 거쳐 처음 보여드린 ①번 글로 완성된 셈이네요. 나란히 놓고 보면 ④번 글이 '나만의 것'이 그나마 생생하게 표현된 글이고, 순서를 밟아 가면서 차츰 '모두의 언어'로 옮겨지는 과정을 보여 준다는 걸 알 수 있군요. 결국 가장 자연스럽게 잘 읽히는 글은 '모두의 언어'로 온전히 번역된 ①번 글이겠죠. ④번 글과 비교해 보면 처음에 표현되었던 '나만의 것'이 제법 많이 걸러진 게 보이시죠.

가령 ④번 글에는 '서울 도봉구, 부천, 한일병원, 창동' 등 구체적인 지명은 물론 '쉰셋, 혼자 산 지 4년째, 수면 내시경' 등 개인 정보도 거침없이 들어가 있는 반면, 마지막으로 완성된 ①번 글에는 모두 빠진 걸 알 수 있습니다. 이게 바로 글쓰기가 '나만의 것'이 '모두의 언어'로 번역되는 과정이라고 말씀드린 이유입니다.

이 이야기는 나중에 다시 해 드리기로 하고, 한 문장을 길게 써 보시라고 한 이유부터 말씀드리겠습니다. 써 보셨으니 아시겠지만 긴 문장을 끊지 않고 이어서 쓰면 무엇보다 한 문장 써 놓고 다음 문장엔 뭘 써야 할지 막막해서 글을 이어 나가지 못하는 사태를 방지할 수 있습니다. 내가 하고 싶었던 이야기, 그러니까 온전한 '나만의 것'을 일단은 방해받지 않고 써 나갈 수 있는 거죠.

글을 처음 쓰는 사람은 자신이 글쓰기와 관련된 기술과 요령을 익히지 못해 그렇지 익히기만 하면 남들처럼 막힘없이 술술 쓸 수 있다고 생각하지만, 그건 착각입니다. 어쩌면 글은 '내'가 쓰는 것이 아니라 '글'이 쓰는 것이라고 할 수도 있으니까요. 마치 실타래에서 실이 풀려 나오듯 내 안에서 글이 풀려 나오는 것이 아니라, 글에서 글이 나오는 것뿐이랄까요. 그러니 '나만의 것' 또한 표현될 기회를 얻지 못하면 존재하지 않는 거죠. 또한 그 기회를 통해 새롭게 수정되고 정리되면서 끊임없이 업그레이드되지 않으면 '나만의 것'이 아니라 '나도 모르는 나만의 강박'에 불과해질 수도 있습니다.

둘째는, 문장 쓰는 연습이 되기 때문입니다. 짧은 문장을 나열하기만 해서는 문장을 연이어 쓰면서 내용을 이어 가는 훈련이 되지 않죠.

잠이 오지 않는다. 고민이 된다. 어떻게 해야 할까. 잠을 잘 수가 없다. 잠을 자고 싶은데 잠을 잘 수가 없다. 생각이 너무 많다. 이게 문제다. 나는 왜 이러는 걸까. 정말 이게 나일까. 알 수가 없다. 아침이 오기 전에 잠들 수 있을까.

좀처럼 잠을 이루지 못하는 고통을 비교적 짧은 문장들로 표현한 글인데, 안타깝게도 이런 글을 반복적으로 써 봐야 딱히 글쓰기 훈련이나 연습은 되지 않습니다. 글이 한 발짝도 나아가질 않기 때문이죠. 내용뿐 아니라 글 안에 흐르는 시간도 정체된 차량으로 가득한 도로처럼 꽉 막혀서 좀처럼 앞으로 나아가지 않습니다. 만일 똑같은 내용을 긴 문장으로 쓴다면 어떻게 될까요.

잠이 오지 않아 계속 뒤척이다가 왜 이렇게 잠이 오지 않는 건지 고민이 돼 이런저런 상념에 젖다 보니 자연히 나는 대체 왜 이러는 걸까 자책하게 되었는데, 이러다가 아침까지 잠들 수 없겠구나 싶어 절로 한숨이 나왔다.

문장을 끊지 않고 쓰게 되면 어떻게든 내용을 이어가려고 애쓰게 됩니다. 그러는 과정에서 접속사를 통해 문장 안에 시간이 흐르도록 만드는 요령을 익힐 수도 있고요. 그뿐인가요. 복잡하고 긴 문장을 쓰면서 자연히 여러 개의 주어와 술어가 호응하도록 신경을 쓰게 되니 주술 호응 문장을 쓰는 훈련도 함께 할 수 있는 거죠. 물론 더 중요한 건 이렇게 씀으로써 단문을 나열할 때보다 '나만의 것' 혹은 '나만의 상황'을 보다 객관적으로 표현해 낼 수 있고 그 과정을 통해 앞에서 말한 것처럼 더 분명해진 '나만의 것'과 마주할 수 있는 것이죠.

자, 이제 한 문장을 길게 써 보자고 한 이유를 아시겠죠? 반복 연습이 필요하다는 건 굳이 말씀드리지 않겠습니다.

5
{ '나만의 것'에서 '모두의 언어'로 }

　앞에서 제가 쓴 네 편의 글을 비교해 보시면 알겠지만, '나만의 것'이 '모두의 언어'로 번역되는 과정은 달리 말하면, 글을 쓰는 주체인 '나'가 쓴 글이 문장의 주어인 '나'가 쓴 글로 바뀌는 과정이라고 할 수 있습니다.

　④번 글은 그야말로 주체인 나, 즉 자연인 김정선이 쓴 글이 명백합니다. 그 말은 곧 자연인 김정선과 그를 잘 아는 지인만 알 수 있는 정보와 말투가 고스란히 노출되어 있다는 거죠. 반면 ①번 글을 보면 자연인 김정선의 거친 흔적은 대부분 다듬어져서 문장의 주어 또는 화자話者인 '나'의 이야기로 정리되어 있습니다. 글에 드러난 정보만이 아니라 말투까지 교정된 셈이랄까요. 비

로소 김정선의 지인이나 주변인뿐 아니라 한글을 읽고 이해할 수 있는 사람이라면 누구든 독자가 될 수 있는 글이 된 것이죠.

예를 들어 텔레비전의 저녁 시간 뉴스를 진행하는 앵커를 떠올려 봅시다. 우리가 뉴스를 시청하면서 앵커의 입을 뚫어져라 쳐다보는 경우는 별로 없죠. 특별한 속보를 시청하지 않는 한 대부분 편안한 상태로 보거나 아니면 집안일을 하면서 앵커가 전하는 소식을 듣거나 하죠. 심지어 가족과 저녁을 먹으면서 한쪽 귀만 텔레비전을 향해 열어 두기도 합니다. 그러다가 관심 있는 소식이 나오면 텔레비전으로 눈을 돌려 유심히 살피기도 하죠. 그러면서 우리는 이렇게 생각합니다.

'저 앵커는 말을 참 물 흐르듯 자연스럽게 해서 귀에 쏙쏙 잘 들어온단 말이야.'

과연 그럴까요? 앵커의 말이 자연스럽게 들리는 건 사실이지만, 그 순간 앵커가 자연스럽게 말하는 건 아닐 겁니다. 외려 앵커야말로 그 순간 이 나라에서 가장 부자연스럽고 가장 인위적으로 말을 하는 사람일 겁니다. 모두가 쉽게 알아들을 수 있고 또 들어서 불편해하지 않을 만한 표준어를 품위 있게 구사하려고 애쓰는 건 물론, 일반인은 그런 게 있는지조차 모르는 장단음長短音

까지 정확히 구분해서 표현하기 위해 볼펜을 입에 물고 하는 발음 연습을 끊임없이 반복한 데다, 뉴스를 진행하기 위해 자리에 앉는 그 순간에도 긴장감에 온몸이 경직될 지경이었을 테니까요. 그 상태로 말을 하고 있으니 자연스럽게 말하고 있다고 할 수는 없을 겁니다.

그렇다면 저나 여러분이 앵커가 되어 뉴스를 진행한다면 어떻게 될까요? 아마도 저나 여러분의 지인, 그러니까 우리의 언어 습관에 익숙한 사람이라면 텔레비전 화면을 뚫어져라 쳐다보며 들을 경우 우리가 하는 말의 70퍼센트가량은 알아들을 수 있을 겁니다. 반면 우리를 전혀 모르는 전국의 시청자는 "저 사람은 뉴스를 진행한다는 사람이 왜 발음도 제대로 못 해서 통 알아들을 수 없는 말만 늘어놓는 거야" 하고 불만을 제기할 가능성이 큽니다.

우리가 뭘 잘못해서가 아니라 그만큼 훈련이 되어 있지 않기 때문이죠. 불특정 다수의 사람 중 누가 듣더라도 제대로 알아들을 수 있도록 발음하는 훈련이 되어 있지 않으니까요. 어휘 또한 누구나 이해하기 쉽고 불편해하지 않을 만한 낱말을 가려 쓰지 못할 테고요.

글도 마찬가지 아닐까요. 아무리 개인적인 이야기를 편하게 기술하는 형태의 글이라 해도 아무런 거리낌 없이 혼잣말을 하듯 혹은 가까운 친구와 대화하듯 써 내려간다면 대부분의 사람은 독해하는 데 어려움을 겪을 뿐 아니라, 경우에 따라서는 불쾌감을 느끼게 될지 모릅니다. 무엇보다 글 안에 개인 정보가 정제되지 않은 채로 노출되기 쉽겠죠. 반면 반드시 제공되어야 할 정보는 전혀 언급되지 않을지도 모릅니다.

예전에 어느 문화센터에서 글다듬기 수업을 진행한 적이 있습니다. 그때 수강생이 낸 글 중에 영화를 보고 쓴 짧은 글이 있었는데, 흠 잡을 데 없는 그 글에 한 가지 특이한 점이 있었습니다. 자신이 본 영화와 비슷한 기법의 다른 영화를 거론하기도 하고 감독의 연출과 배우의 연기까지 평하기도 한 제법 깊이 있는 글이었는데, 정작 자신이 본 영화의 제목을 언급하지 않은 겁니다. 이런 사례는 책을 읽고 쓴 서평에서도 종종 발견되곤 했죠. 내가 본 걸 쓰는 건데 해당 영화나 책에 대한 정보를 일일이 나열할 필요가 뭐 있어 하는 자세로 쓴달까요. 말하자면 '나만의 것'에서 '모두의 언어'로 완벽하게 옮겨 가지 못한 채 한 다리를 걸치고 있는 셈이죠.

이런 사례가 꼭 영화평이나 서평에만 국한되지는 않습니다. 일상적인 내용을 적은 생활 글에서도 마찬가지입니다. 내가 사는 곳은 물론 내 가족과 나만 아는 이야기를 마치 보편적인 이야기를 하듯 쓰는 경우가 제법 많으니까요. 더구나 주워들은 이야기를 따로 검색해서 확인하는 작업조차 하지 않은 채 그냥 쓰는 경우도 많고요.

모두가 글을 쓰는 주체인 '나'와 글의 화자인 '나'의 입장이나 처지가 다르다는 걸 미처 받아들이지 못해서 생기는 불상사입니다. 이건 머릿속으로 이해한다고 자연스레 받아들여지는 게 아니죠. 반복적인 연습을 통해 습관화하는 수밖에 없습니다.

6

{ **자연스러운 글쓰기라고?** }

문장을 쓰는 데 어려움을 느끼는 사람이 그 고충을 털어놓으면서 하는 이야기는 대개 다음과 같을 겁니다.

"이 나라에서 태어나 자라고 교육도 받을 만큼 받았는데, 더구나 한국어를 구사하는 데 큰 어려움을 겪지 않는데, 왜 유독 한국어 문장을 쓸 때면 머리를 쥐어뜯어야 하는 건지, 말로 하는 걸 그대로 종이에 또는 모니터에 옮기기만 하면 될 텐데 그게 왜 이렇게 안 되는 건지, 알다가도 모를 일이네요, 정말."

불만의 내용은 충분히 이해되지만 선뜻 동의할 수 없는 부분도 있습니다. 가령 우리가 한국어를 무리 없이 구사하는 게 정말 자연스럽고 당연한 일일까요? 우리는 우리가 한국어를 익힌 과정을 전혀 기억하지 못한다는 사실을 되새길 필요가 있습니다. 너무 어렸을 때 일어난 일이라 까맣게 잊은 거죠. 당연합니다. 그걸 일일이 기억하는 사람이 어디 있겠어요. 그렇다면 한번 되새겨 볼까요?

우리는 모두 엄마 배 속에서 진동으로 처음 한국어를 느꼈겠죠? 세상에 나온 뒤로도 그 소리들은 끊임없이 우리를 자극했을 테고, 그러다가 우리 입에서 한국어 단어가 처음 발음된 순간부터 한국어를 익히기 위한 지난한 과정이 시작되었겠죠. 끝없는 요구("'엄마'라고 해 봐", "'아빠'라고 해 봐" 등등)는 물론, 평균적인 소리를 가늠하기 어려울 만큼 다종다양한 목소리에 둘러싸여 거의 고문(?)에 가까운 압박을 매일매일 느꼈을 겁니다. 어디 그뿐인가요. 그 과정을 거쳐 또래 집단에 들어가서는 말이 우리의 생각이나 느낌을 전달하는 도구일 뿐 아니라, 상대를 응징하고 상처를 주는 데 쓰는 무기가 될 수도 있다는 사실을 깨달았을 테고요. 당연히 우리도 그 무기에 종종 상처를 입기도 했을 테죠.

따지고 보면 지금도 우리는 한국어를 자연스럽게 구사하기 위해 애쓰고 있는 중인지도 모릅니다. 사회생활이 어렵다고 말할 때 그 5할 이상은 말로 인해 겪는 곤란 때문이잖아요. 우리가 한 말이 곡해되어 전달되거나 거꾸로 우리가 상대의 말을 오해해서 갈등을 겪는 것에 더해, 존대어 규정이 있는 한국어의 특성상 말을 어떻게 하고 받아야 하는지 고민해야 한다는 사실 자체가 큰 스트레스 요인이니까요.

그렇다면 우리가 지금 한국어를 이 정도나마 구사하며 살고 있는 걸 당연한 일로 여길 순 없겠군요. 그건 우리가 들인 노력을 지나치게 평가 절하하는 행위일 테니까요. 외려 우리가 그 지난했던 한국어 학습 과정을 지금도 낱낱이 기억하고 있다면, 아마도 실어증失語症에 걸려 말을 못 하게 되는지도 모르죠.

이런 상황을 글쓰기에도 그대로 적용한다면, 우리가 지금 글 쓰는 데 어려움을 겪는 것이야말로 지극히 자연스럽고 당연한 일이라고 해야 맞겠네요. 왜냐하면 어릴 때 말하기를 익히기 위해 감수했던, 그 셀 수조차 없는 반복 훈련을 글쓰기를 위해 해 본 적은 없으니 말이죠.

결국 말하기와 글쓰기에서 '자연스럽다'는 의미를 다시 생각해 볼 필요가 있지 않을까요. 여기서 '자연스럽다'의 의미가 사람의 노력이나 손길이 닿지 않은 상태를 가리킨다고 보면 어떨까요. 가령 가을에 벼가 누렇게 익어 가는 김제 평원 같은 곳을 둘러보며 '자연'을 만끽

했다고 느낄 수 있지만, 엄밀히 말해 그건 자연 그대로
의 상태가 아니잖아요. 인간에게 도움이 되도록 그 넓은
곳에 벼를 심고 다른 식물은 잡초라고 규정하고 모두 제
거한 결과물이니 말이죠. 자연 그대로 둔다면 잡초가 무
성한 묵정밭처럼 되어야 마땅할 테니 자연 입장에서 본
다면 그 모습은 분명 기괴하지 않을까요. 그러니 그 넓
은 논에 심어진 벼가 누렇게 익은 풍경은 농부가 벼를
심고는 자연이 알아서 하겠지 하고 방치한 결과가 아니
라, 거꾸로 자연에 맞서서 한시도 쉬지 않고 애쓴 결과
물이라고 해야 마땅할 겁니다.

　말하기와 글쓰기도 마찬가지죠. 자연에서 오직 인간
만 하는 행위인 건 분명하니까요. 그러니 생각을 바꿔
보죠. 우리가 지금 한국어를 구사하고 한국어 문장을 쓰
는 건 자연스러운 행위가 결코 아니라고 말이에요. 지극
히 인위적이고 작위적인 행위이고, 당연히 연습과 훈련
이 필요한 행위라고 말이죠.

7
{ '나만의 것'이 아닌 '너만의 것'에 대해 쓰기 }

'나만의 것'에 대한 긴 문장을 써 봤으니 이번엔 전혀 다른 소재로 긴 글을 써 보는 건 어떨까요? '나만의 것'이 아니라 '너만의 것'에 대해 쓴달까요. 이를테면 상상 속의 나에 대해 써도 좋고 아니면 숫제 다른 사람으로 빙의해서 써도 좋습니다. 남성분이라면 여성이라고 생각하고 써도 나쁘지 않겠네요. 물론 여성분은 남성 화자를 만들어 쓰시면 될 테고요.

그렇습니다. 다른 '화자'를 내세워서 '긴 한 문장'을 만들어 보는 겁니다. 거짓말을 쓰라는 거냐 하고 역정을 내실 분도 계시겠군요. 맞습니다. 거짓말을 써 보시라는 겁니다.

어린아이에게 처음 글을 써 보라고 하면 열에 아홉은 '나는요' 혹은 '우리 집은요'나 '우리 엄마는요'로 시작되는 글을 쓰기 십상입니다. 아직 글을 쓰는 주체인 '나'와 글 안에 화자로서의 '나'를 분리하지 못하기 때문입니다. 지금까지 앞에서 설명한 것처럼 설령 거짓 내용을 쓰지 않는다 하더라도 그 두 개의 '나'는 전혀 다른 '나'입니다. 그런데 이게 무척 미묘한 문제라서 쉽게 구분하기 어려울뿐더러 그런 구분 자체에 반감을 느끼는 분도 적지 않습니다.

그래서 아예 소설을 쓴다고 생각하고 나와 전혀 다른 누군가의 이야기를 써 보시라고 권해 드리는 겁니다. 글을 쓰려고 할 때마다 뭔가 벽에 부딪힌 것 같은 답답함을 느낀다면 화자로서의 '나'와 친숙하지 않은 것도 한가지 원인일지 모릅니다. 주체로서의 나, 즉 자연인으로서의 나는 숫기도 없고 말도 별로 없는 사람인데 그런 사람이 글을 쓴다면 어떻게 될까요. 당연히 한두 문장이상 쓰기가 어렵겠죠. 더군다나 그 글을 읽게 될 독자를 울리거나 웃길 만한 내용을 쓸 만큼 능청스럽지도 못할 테고요. 그럼 이런 사람은 영영 그런 글을 쓰지 못하는 걸까요?

그렇지 않죠, 당연히! 하지만 연습은 필요합니다. 비

록 자연인으로서 내 성격은 말 한마디도 제대로 못 해서 상대를 웃기거나 울릴 재주를 찾아볼 수 없는 사람이지만, 내가 만든 화자는 거침없이 이야기를 펼칠 능력을 갖추도록 할 수 있으니까요.

게다가 이 방법으로 얻을 수 있는 또 다른 효과는 평상시에 내가 잘 쓰지 않는 표현과 어휘를 쓸 기회를 얻게 된다는 겁니다. 가령 제가 이렇게 시작되는 글을 쓴다고 해 보죠.

나는 삼십 대 초반의 직장 여성 아무개인데,

그렇다면 저는 앞으로 이어질 문장을 통해 평소에 잘 써 보지 못했던 단어들을 쓰게 될 것이 분명합니다. 아, 그러니까 이른바 역지사지易地思之를 경험해 보라는 말이군 하고 지레짐작하실지 모르겠군요. 그렇지는 않습니다. 저와 함께하는 글쓰기 훈련에서는 글의 내용이 아니라, 글쓰기와 친숙해지고 능숙해지는 것이 중요하기 때문입니다.

이게 왜 중요하냐면요, 일기는 물론이고 이른바 'SNS', 즉 사회관계망서비스에 글을 자주 올리시는 분이라면 지난 몇 개월 동안 쓴 일기나 SNS에 올린 글을 다시 한 번 훑어보십시오. 여러분이 주로 반복해서 쓰는 단어가 있다는 걸 알게 될 겁니다. 심한 경우엔 다양한 상황이나 다채로운 심리 상태를 묘사하거나 설명하면서도 단지 몇 개의 단어를 마치 카드 돌려 막기 하듯 쓰고 있다는 걸 확인할 수 있을 테고요. 이런 글쓰기는 제아무리 반복한다 해도 제대로 된 글쓰기 훈련이 될 수 없습니다. 왜냐하면 그건 다양하고 다채로운 상황이나 상태를 묘사하거나 설명하는 연습이 아니라, 어떤 상황이나 상태든 똑같은 정서의 망으로 걸러 내서 표현하는 행위에 불과하기 때문이죠.

그러니 이번 훈련은 '생활하는 나'와는 결이 좀 다를 수밖에 없는 '글을 쓰는 나'와 말 그대로 맞닥뜨리고 익숙해지는 훈련이라고 할 수 있겠습니다. 실제로도 그렇잖아요. 가령 여러분 가운데 지방에 사시는 분이라면 해당 지역 사투리를 쓰실 테지만 그렇다고 글을 쓸 때도 똑같이 사투리를 구사하시는 건 아닐 테니까요. '사투리로 말하는 나'가 '표준어로 글을 쓰는 나'를 처음 접했을 때 얼마나 어색했겠습니까. 그렇다고 이건 내 모습이 아니라고 '글을 쓰는 나'를 멀리할 수는 없잖아요.

이렇게 따지면 한국어권에서 생활하는 모든 사람이 다 '생활어를 구사하는 나'와 '표준어로 글을 쓰는 나'의

분리를 경험할 수밖에 없다고 해도 과언이 아닐 겁니다. 누구나 다 겪을 수밖에 없는 일이라는 거죠.

자, 그러면 아예 작정하고 '너만의 것'에 대해 써 보면서 '결이 다른 나'와 익숙해지는 훈련을 해 봅시다.

8

{ **내겐 너무나 낯선 나를 만나다** }

어떻게 쓰셨나요? 이쯤 되니 실제로 여러분이 쓰신 글을 한번 보고 싶군요. 여러분이 쓰신 글을 볼 수 있다면 그리고 이곳에서 공식적으로 다루어 볼 수 있다면 좀 더 구체적인 훈련이 이루어질 텐데, 그러지 못하는 게 못내 아쉽습니다. 뭐 어쩔 수 없죠. 대신 제가 쓴 글을 통해 설명을 드릴 수밖에요. 다만 여러분도 제가 제 글을 가지고 하듯이 각자 쓰신 글을 똑같은 방식으로 검토해 보시기 바랍니다.

그럼 제가 쓴 글을 보여 드리겠습니다.

지난해 여름 황당한 경험을 한 적이 있어 소개하자면, 새

벽녘까지 방 안에서 노트북을 켜고 작업을 하고 있는데 누군가 현관문을 두드려서 적잖이 놀라 부랴부랴 겉옷을 걸쳐 입고 현관문 앞으로 다가가 겨우 기어나오는 소리로 누구냐고 물었더니 무턱대고 문을 열어 달라는 것이어서 나는 당연히 무슨 일 때문에 그러느냐고 물었는데 설명은 안 하고 계속 문을 열어 달라기에 어떻게 해야 할지 몰라서 잠깐 멍해 있다가 심호흡을 한 뒤에 조심스레 문을 열었더니, 경찰관 두 명이 문 안으로 들어서서 신발을 벗고 방 안까지 살피고는 "혼자 계시는 건가요?" 하고 묻길래 그렇다고 답하면서도 나는 여전히 놀란 가슴을 달랠 수밖에 없었는데, 정작 새벽녘에 들이닥친 경찰관들은 별일 아니라는 듯 내 신상을 묻고 조회를 하더니 누군가 여기 주소를 대며 여성이 폭력을 당하고 있다는 매우 구체적인 신고를 해 왔다고 설명하는 것이어서, 속으로는 그래서 처음부터 구체적인 설명을 하지 않았던 건가 싶기도 했지만, 그래도 그렇지 그 새벽 시간에 남의 집 문을 두드리면서 무조건 문을 열어 달라고 하면 안에 있는 사람은 얼마나 겁을 먹게 되는지 알지 못하는 것인지, 경찰마저 이럴진대 과연 누구를 믿을 수 있을지 놀란 마음에 화까지 치밀어서 아침까지 잠들지 못했다.

실제로 제가 겪은 일을 써 봤습니다. 지금도 그날 밤을 떠올리면 가슴이 콩닥콩닥 뛸 정도로 많이 놀랐던 기억이 생생합니다. 물론 경찰관들에게도 화가 많이 났더랬죠. 왜 그 시간에 남의 집 문을 두드리면서 경찰이라고 밝히지 않은 걸까? 아니 무엇보다도 내가 자고 있었더라면, 게다가 다음 날 아침 일찍 출근을 해야 하는 직장인이었다면 어쩌려고 그런 거지 하는 의문이 화를 더욱 돋우더군요.

혹시 오십 대 남자가 혼자 사는 집이라는 걸 미리 확인하고 쳐들어온 건 아닌가, 그래서 마치 범죄자 취급하듯 까탈스럽게 군 건 아닌가 하는 생각이 들 정도로 화가 치밀었다가, 설마 그럴 리가 있겠어 하고 곧 마음을 가라앉혔습니다. 이럴 때 자주 하는 실수가 바로 내가 세상과 혼자 대치하고 있다는 착각이니까요. 하지만 세상이 모두 한통속이 돼서 나와 대치하기는커녕, 실제로 세상은 내 존재 자체도 모를 확률이 더 높겠죠.

그래서 경찰관 입장에서 다시 생각해 봤습니다. 다음이 그 내용입니다.

가정 폭력 신고를 받을 때가 가장 난감한 건 다른 폭력 사건과 달리 가해자가 더 기세등등한 경우가 많아서인데, 아

무리 경찰이라 해도 '자기 집'에 침입해 이래라저래라 참견하는 '오지랖 넓은 인간들'로 규정하고는 외려 더 큰소리를 치기 때문인데, 새벽녘에 신고를 받고 사수와 함께 출동하면서도 그런 걱정이 들어 해당 주소의 집을 확인하고 우선 집 주변을 살폈는데, 여름이라 활짝 열린 방 창문으로 형광등 불빛이 환하게 쏟아져 나오는 걸 보니 사람이 깨어 있는 건 확실해 보였고, 게다가 이 시간에 불을 켜고 있는 건 이 집뿐인 걸 보면 신고 접수된 집이 분명하다는 판단이 들어 조심스레 현관문 앞으로 다가가 소리를 들어 보니 아무 소리도 들리지 않아 잠깐 걱정이 앞서는 것이었는데, 이럴 경우 피해자가 폭행을 당하다 기절을 했거나 아니면 안타깝지만 사망했을 수도 있어서, 현관문을 두드리는 사수 뒤에서 나는 심호흡을 깊게 해야 했는데, 잠시 후 아니나 다를까 안에서 중년 남자의 조심스러운 목소리가 흘러나오는 것이어서 공연히 경찰이라고 밝혔다가 피해자에게 더 해가 될지도 모르고 아니면 가해자가 피해자를 인질로 삼을 수도 있어서 문을 열 때까지 경찰임을 밝히지 않았는데, 막상 문이 열리고 나자 집 안은 별것 없이 평온한 분위기여서 가슴을 쓸어내리며 남자의 신원조회를 하고 방 안까지 꼼꼼히 살핀 다음 신고가 접수되었다는 사실을 알렸다.

물론 이건 순전히 제 상상으로 쓴 것이어서 실제로 이런 사정이 있었는지는 알 수 없지만, 늘 글을 쓰는 주체인 나 자신 안에 갇힌 채로 문장을 쓰던 습관에서 벗어나 내가 화자로 내세운 다른 존재가 되어 문장을 쓰는 경험을 해 보는 것만으로도 앞뒤 사정을 이해하는 데 도움이 되었습니다. 내 안에 머물면서 '나만의 것'을 뽑아내는 데만 급급했던 상황에서 벗어나 상대방 혹은 제삼자의 입장에서 화자의 상황과 처지를 고민해 가며 글을 쓰니 무엇보다 시야가 달라졌죠. 그야말로 전체를 조망해 가면서 글을 쓰게 되었달까요. 이런 연습이 '나만의 것'을 '모두의 언어'로 표현할 때도 도움이 되는 건 두말할 필요 없을 겁니다.

프랑스의 철학자 미셸 푸코는 글쓰기에 대해 다음과 같이 말했다고 합니다.

나는 내 자신을 변화시키기 위해서, 그리고 더 이상 이전과 똑같은 것을 생각하지 않기 위해서 글을 쓴다.(폴 벤느, 『푸코, 사유와 인간』, 이상길 옮김, 산책자, 2009)

내 안에 갇힌 채로 '나만의 것'만 재확인하는 데 그치는 것이 글쓰기의 목적이라면 굳이 머리를 쥐어뜯어 가며 글을 쓸 이유가 있을까요? 글쓰기를 통해 어제의 나와 다른 오늘의 나를 발견하고 창조해 가는 작업이 병행되지 않는다면 글쓰기는 이른바 '가성비'는 물론 '가심비'도 엉망인 작업일 겁니다. 그리고 나에게 한 번도 낯선 '너'가 되어 보지 못한 '나'는 진정한 '나'라고 말할 수 없겠죠. 그러니 글쓰기는 바로 그 '내게조차 낯선 나'와 매번 맞닥뜨리는 작업이어야 할 겁니다. 그런 점에서 이번 훈련이 의미를 갖지 않을까 싶네요.

당연히 지난번 글쓰기 연습과 마찬가지로 한두 번 해 보는 것으로 그쳐서는 안 되겠죠. 여러 번 반복하면서 '나'에서 벗어나 다양한 화자의 입장에서 상황을 생각하고 묘사하고 설명하는 연습을 해 보시기 바랍니다.

9
지금 글쓰기가 문제인 이유는?

책을 내고 강연을 다니면서 알게 되었습니다. 글을 쓰거나 번역을 하거나 편집을 하는 분만 아니라, 일반 직장에 다니는 분도 글쓰기와 관련한 압박을 심하게 받으신다는 걸요. 제 강연장에는 학생부터 노인에 이르기까지 다양한 분이 찾아오시는데, 문제는 내가 재미있게 읽은 책의 저자가 하는 강연이니 가서 얼굴도 직접 보고 강연도 듣고 사인도 받고 사진도 찍자, 뭐 이런 즐거운 마음으로 참석하시는 분보다 저 인간에게 오늘 글쓰기 팁을 제대로 들어서 당장 내일부터 메일이나 보고서 쓸 때 또는 SNS에 글 올릴 때 스트레스를 좀 덜 받아야 할 텐데 하는 어딘가 조급한 표정으로 앉아 계신 분을 더 많이 보게 된다는 겁니다.

그래서 생각하게 되었습니다. 왜 지금 이렇게 다양한 사람에게 글쓰기가 문제가 되는 걸까? 일각에선 인문학 부흥기를 맞아 인문학적 성찰을 토대로 자신의 삶을 글로 표현하고자 하는 욕구가 늘어나면서 글쓰기에 대한 필요 또한 자연히 늘어나게 된 거라고 하는데, 과연 지금 이 나라에 '인문학적 성찰'이라는 표현에 어울릴 만한 분이 얼마나 될까요? 저는 솔직히 '인문학적 성찰'이 정확히 무얼 말하는지 잘 모르겠습니다. 제게는 그저 한없이 어려운 말일 뿐이네요. 할 수 없이 제 나름대로 진단을 내려야 했습니다. 그래야 그에 맞는 처방이 따를 테니까요. 제가 얻은 결론은 이렇습니다.

제가 어렸을 때는 저는 물론이지만 제 주위에서 글을 좀 잘 쓰고 싶다는 고민을 토로하는 친구를 본 적이 거의 없습니다. 저나 제 지인이 특이해서가 아닙니다. 그때는 이 나라에 사는 대부분의 사람이 그랬습니다. 말하자면 글쓰기가 지금처럼 보편적인 고민이 아니었던 거죠. 대신 그때는 대부분의 한국 사람이 글씨를 예쁘고 정갈하게 쓰고 싶다는 고민을 했더랬죠. 거리에 나가면 손 글씨 학원, 펜글씨 학원이 즐비했습니다. 요즘은 간혹 악필 교정 학원이 눈에 띌 뿐이지만요.

당시엔 글씨를 예쁘고 정갈하게 쓰면 학교에서든 직장에서든 인정을 받았습니다. 외려 글을 잘 쓰는 건 아무짝에도 쓸모가 없었죠. 남자는 군대에 가면 선임들 연애편지나 대필해 줄 수 있었을까요. 그 밖에는 정말이지 쓸데가 없는 재주였답니다. 왜냐하면 글을 쓸 일이 없었으니까요. 일단 컴퓨터도 없고 스마트폰도 없었으니 메일을 쓸 일도 없었고 문자나 '톡'을 쓸 일도 없었으며, 각종 서류며 보고서도 대부분 양식화되어 있어 따로 고민할 필요도 없었죠. 그때는 신문 기사도 기명기사, 즉 누가 썼는지 알 수 있는 기사가 없던 시절이라 거의 양식화되어 있었죠. 그러니 신문기자가 되려는 사람도 글을 잘 써야만 한다는 생각은 거의 하지 않았을 겁니다.

저는 1998년까지 출판사 편집부에서 일했는데, 당시 제 책상엔 컴퓨터가 없었습니다. 당연히 매일 아침 출근해서 메일을 확인할 필요도 없었고 저자나 역자에게 문자나 톡을 받을 일도 없었고, 심지어 인터넷 서점도 없었으니 요즘 편집자가 가장 하기 싫어한다는 책 소개 글을 쓸 일도 없었죠. 책을 만드는 편집자인데도 글을 쓸 일이라곤 퇴근 전에 작성했던 편집일지에 그날 한 일을 적는 것이 고작이었습니다.

그랬던 것이 이젠 거꾸로 돼 버렸죠. 글씨 쓸 일이 없어진 대신 글을 쓸 일이 많아진 겁니다. 예전에 거리 곳곳에 즐비하게 늘어서 있던 글씨 쓰기 학원이 요즘은 문화센터 같은 곳에서 운영하는 글쓰기 강좌로 대체되었고요. 이걸 어떻게 받아들여야 할까요?

예전에 글씨를 잘 쓰고 싶다는 욕망이 보편화되었던 것은 글씨를 잘 쓰게 되면 얻는 게 많았기 때문이었듯이, 요즘 글을 잘 쓰고 싶다는 욕망이 보편화된 것 또한 그로 인해 이득을 볼 일이 많기 때문이겠죠. 이게 제가 내린 나름의 진단입니다.

저나 여러분은 글씨가 아닌 글을 써야만 하는 시대를 통과하고 있습니다. 한국 사람이 책을 잘 읽지 않는다고 걱정하는 소리를 종종 듣지만, 책에 담긴 글을 읽는 것만이 독서라는 생각에서 벗어나면, 지금이야말로 한국 사람이 다른 사람이 쓴 한국어 문장을 강박적으로 읽고, 자신 또한 한국어 문장을 강박적으로 써서 어딘가에 보내거나 올리는 시대를 살고 있다고 할 수 있습니다.

한글이 창제되고 반포된 이래 요즘처럼 한국어권에 살고 있는 사람들이 그것도 단체로 한글로 만든 문장을 반복적으로 읽고 쓴 적은 없었다고 해도 과언이 아닐 겁니다. 아마도 백 년 뒤쯤엔 역사학자들이 이 시대 한국 사람의 행동을 두고 갑론을박을 벌이지 않을까요. 왜냐하면 이런 행위가 앞으로 5년이나 10년 뒤쯤엔 언제 그랬냐는 듯이 순식간에 사라질지도 모르기 때문이죠. 인공지능이 글을 쓰는 시대인 만큼 그때가 되면 대부분의 개인 메일이나 보고서, SNS에 올리는 글을 개인 인공지능이 대신 쓰게 될지도 모르니까요. 그때쯤 되면 아마도 책 띠지에 적힌 홍보 문구에 이런 문장이 등장하지 않을까요?

'사람이 직접 쓴 에세이!'

그러니 글쓰기 때문에 스트레스를 받으신다면 '이건 내 잘못이 아니야, 내가 망할 놈의 시대를 살고 있기 때문이지' 하고 스스로 위로하셔도 좋습니다.

10

{ 그리고, 그래서, 그런데 }

　위로의 시간을 가졌으니 이제 다시 연습을 해 볼까요. 이번엔 한 문장으로 길게 쓰는 게 아니라 여러 문장으로 나누어 쓰는 연습입니다. 새로운 내용으로 다시 쓰고 싶은 분은 그렇게 해도 좋지만, 앞에서 이미 한 문장으로 길게 써 놓은 글이 있으니 그 글을 여러 문장으로 나누어 쓰면 되겠네요.

　나누어 쓸 때 유의해야 할 점은 '그리고, 그래서, 그런데, 그러나(하지만)' 같은 접속부사와 '이, 그, 저' 같은 지시대명사를 되도록 쓰지 않고 문장을 이어 가는 겁니다. 접속부사나 지시대명사가 글을 해치는 요소여서 쓰지 말라는 건 결코 아니에요. 그 나름의 중요한 역할을 하는 품사들인데 함부로 쓰지 말라고 해선 안 되겠죠. 다만 한번 쓰면 저도 모르게 반복적으로 쓰게 되므로 경계를 할 필요가 있습니다. 그래서 '되도록'이라는 표현을 쓴 겁니다. 아예 쓰지 말라는 게 아니라 되도록 쓰지 말라는 거죠.

그럼 왜 이런 주의 사항을 굳이 글을 쓰기도 전에 강조하는 건지 말씀드리겠습니다. 접속부사는 사실 편집점 같은 겁니다. 이를테면 여러분이 어제 어떤 일을 겪었다고 치죠. 오늘 지인에게 그 내용을 전할 때 여러분은 '실은 어제 이러저러해서 이리저리 되었어. **그리고** 나는 이러저러했고. **그런데** 갑자기 이러저러하더니 이리저리 되는 게 아니겠어. **그래서** 내가 이러저러했지. **하지만** 이미 상황이 이리저리 되는 바람에 결국 이러저러하게 된 거야' 하고 설명을 하겠죠.

여기서 여러분이 쓴 접속부사들은 사실 어제 그 일이 벌어진 현장에는 존재하지 않았던 것이잖아요. 다만 여러분이 그 일을 여러분의 입장에서 설명하기 위해 필요로 하는, 말하자면 편집점 같은 것일 뿐이죠. 말로 설명할 땐 꼭 필요하겠지만 글로 쓸 때까지 반복적으로 등장하면 마치 예전에 영화관에서 영화를 볼 때 필름 위쪽에 깜빡깜빡하며 등장했던 편집점처럼 자칫 흉해 보일 수 있습니다.

오랜만에 흥미로운 소설을 읽었다. **그런데** 처음 접하는 작가의 소설이었다. **그래서** 처음엔 주저했는데 왜냐하면 제법 두꺼운 소설이었기 때문이다. **하지만** 결과적으로 보면 선택하기를 잘한 것 같다. **그리고** 이 소설을 읽은 덕분에 작가의 다른 소설도 알게 되었으니 일석이조가 된 셈이다. 그런데 왜 이 작가의 소설은 모두 다 두꺼운 걸까.

앞에 쓴 글에 들어간 접속부사 가운데 진하게 강조한 네 개는 빼도 무방합니다. 글을 읽는 데 아무런 지장이 없을뿐더러 접속부사를 뺐을 때 외려 깔끔하게 읽히니까요. '누가 글을 이렇게 쓰겠어' 하시겠지만 쓰다 보면 자연스럽게 접속부사를 남발하게 되는 게 글입니다. 말씀드렸잖아요. 글쓰기는 자연스러운 행위가 아니라고요. 마음을 너무 풀어 놓고 쓸 때 자연스럽게 반복되는 표현은 인위적으로 정리가 되어야 하는 글과 마찰을 빚게 마련이죠.

지시대명사도 마찬가지예요. 반복적으로 등장하면, 지시를 받는 앞의 문장이나 표현을 다시 상기시키는 효과보다 글을 쓰는 사람이 앞에 쓴 내용에 대해 자신 없어한다는 인상만 불러일으킬 뿐이어서 전체적으로 글이 깔끔해지지 않죠. 게다가 이, 저, 그 같은 다양한 지시대명사를 반복해서 쓰면 글을 읽는 사람의 심리적인 방향을 이리저리 바꾸게 되어 혼란만 자초할 뿐입니다.

오랜만에 흥미로운 소설을 읽었다. 그 소설은 내가 처음 접하는 작가의 소설이었다. 그래서 처음엔 그 소설을 읽기가 꺼려졌더랬다. 그 소설이 무척 두꺼운 것도 그 이유 중에 하나였다. 하지만 결과적으로 이 소설을 읽기를 잘한 것 같다. 이 소설을 읽은 덕분에 이 작가의 다른 소설도 알게 되었으니 이거야말로 일석이조가 아니고 뭐란 말인가. 그런데 왜 이 작가의 소설은 모두 다 두꺼운 걸까.

진하게 강조된 지시대명사 때문에 문장이 하나같이 어딘가를 향해 손가락질을 하고 있는 것처럼 되어 버렸네요.

개인적으로는 접속부사나 지시대명사로 연결된 문장은 몇 개가 되었든 따로 떨어진 문장이 아니라 한 문장으로 여기는 편입니다.

물론 반대의 경우도 있습니다. 가령 다음과 같은 문장은 어떨까요.

나는 남자다. 너는 여자다.

  물리적으로는 분명 두 개의 문장이지만 의미적으로는 그저 한 개의 문장을 이상한 방식으로 나열한 것일 뿐이라는 게 제 생각입니다. 의미를 갖는 두 문장이 되려면 두 문장이 글 안에서 서로를 필요로 해야 하니까요. 따라서 저 문장은 다음처럼 한 문장으로 쓰는 게 훨씬 어울려 보입니다.

나는 남자고 너는 여자다.

  그럼 여러분이 긴 한 문장으로 쓴 글 중에서 한 편을 뽑아 여러 문장으로 나누어 보시죠. 저는 제 글을 가지고 작업을 하겠습니다.

11
{ 여러 문장으로 나누어 쓰기 }

여러 문장으로 나누어 쓸 글은 앞에서 이미 보여 드린 글입니다. 어떻게 나누어 썼는지 비교해야 할 테니 먼저 해당 글을 다시 보여 드리겠습니다. 3장에서 이미 보여 드린 ①번 글입니다.

나는 오십 대 초반의 한국 남성으로 이름은 김정선이고 혼자 살고 있으며, 최근 지역 주민 센터에서 동사무소장의 직인이 찍힌 안내서를 한 통 받았는데, 독거노인과 달리 복지 사각지대에 처한 이른바 독거중년의 생활 실태 조사를 위한 통지서로, 고독사의 위험을 막고 건강한 중년을 보내도록 복지 혜택을 누릴 수 있게 돕겠다는 취지였지만, 나로서는 어쩐지 독거노인 취급을 받게 된 것 같아 기분이 썩 좋지 않았을뿐더러 설령 그 취지에 공감한다 하더라도 내가 그 혜택을 받을 대상자는 아니라고 판단했기에 따로 답을 하거나 동사무소로 찾아가서 등록 절차를 밟지는 않았는데, 요 근래 몸 여기저기가 이상 증세를 보여 병원을 찾을 일이 잦아진 데다 실제로 두 번이나 응급실에 다녀오기까지 한 것은 물론 심리적으로도 우울감에 빠지는 일이 많아서 혹시나 독거노인을 위한 비상벨 같은 걸 달아 준다면 신청할 만하지 않을까 하고 잠깐 고민해 보기도 했으나, 아무래도 지나치다 싶어 그만두었는데, 그 뒤로도 안내문은 버리지 않고 보관하고 있는 걸 보면 혹시나 하는 미련이 남은 듯해 여간 께름칙한 것이 아니지만, 그 덕분에 생각해 보게 된 것이 있으니, 주민 센터에서 내게만 이런 안내문을 보내진 않았을 테고 내가 살고 있는 지역에서만 이런 공무를 집행하는 것도 아닐 테니, 이 나라에 나 같은 처지에 놓인 사람이 꽤 많은 모양이구나 하는 생각이었다.

그럼 같은 글이 어떻게 여러 문장으로 나누어졌는지 보실까요.

내 이름은 김정선. 오십 대 초반의 한국 남성으로 서울에서 혼자 살고 있다. 말하자면 독거중년인 셈이다. 실제로 최근 지역 주민 센터에서 동사무소장 직인이 찍힌 안내서를 한 통 받았는데, 읽어 보니 독거노인과 달리 복지 사각지대에 처한 이른바 독거중년의 생활 실태 조사를 위한 통지서여서 쓴웃음을 지은 적이 있다. 혼자 사는 중년이 고독사하는 위험을 막고 건강하게 생활하도록 복지 혜택을 제공한다는 취지였지만, 나로서는 어쩐지 독거노인 취급을 받게 된 것 같아 기분이 좋지는 않았다. 설령 그 취지에 공감한다 하더라도 내가 그 혜택을 받을 대상자는 아니라는 생각에 굳이 따로 답을 하거나 동사무소로 찾아가서 등록 절차를 밟지는 않았다.

그런데 요 근래 갱년기를 앓는지 몸 여기저기가 아파 병원을 찾을 일이 잦아진 데다 심리적으로도 우울감에 빠지는 일이 많아지면서 예의 그 안내서가 자꾸만 눈에 밟히는 것이었다. 혹시나 독거노인을 위한 비상벨 같은 걸 달아 준다면 신청할 만하지 않을까 싶어서였다. 실제로 두 번이나 응급실에 다녀오기까지 했으니 그런 생각을 하는 것도 무리는 아니었다. 아무래도 지나치다 싶어 그만두긴 했지만, 그 뒤로도 안내문을 버리지 못한 걸 보면 혹시나 하는 미련이 여전히 남아 있는 모양이다.

그렇다고 께름칙한 경험이었던 것만은 아니었다. 그 덕분에 이런저런 생각을 해 보게 되었으니 말이다. 가령 주민 센터에서 내게만 이런 안내문을 보내진 않았을 테고 내가 살고 있는 지역에서만 이런 공무를 집행하는 것도 아닐 테니, 이 나라에 나 같은 처지에 놓인 사람이 꽤 많은 모양이구나 하는 생각을 하게 되었으니까.

세어 보니 모두 열세 개의 문장으로 나누어졌네요. 그 밖에도 한 뭉텅이의 글이 세 개의 문단으로 나뉜 것이 눈에 띄는 변화고, 군데군데 덧붙이거나 빠진 표현도 제법 되는 데다 심지어 순서가 바뀐 문장도 보이는군요. 그래도 변화가 심하지 않아 다행입니다.

다행이라고 표현한 데서 이미 눈치채셨겠지만, 한 문장으로 최대한 길게 쓴 글을 여러 문장으로 나눌 때 글의 내용이나 표현의 변화가 심하면 심할수록 원래의 글이 완성도가 떨어진 글이라고 할 수 있습니다. 거꾸로 말하면 여러 문장으로 나누어 쓰는 과정에서 내용이나 표현의 변화가 심하지 않다면 한 문장으로 길게 쓴 글의 완성도가 높았다는 말이 되겠죠. 이는 반대 상황도 마찬가지입니다. 여러 문장으로 나누어 쓴 글을 한 문장으로 길게 이어 쓸 때 변화가 심하다면 완성도가 떨어져서이고, 아니라면 완성도가 높아서 그런 거겠죠.

실제로 상대적으로 완성도가 높았던 ①번 글을 여러 문장으로 다시 썼으니 이 정도지 만일 완성도가 가장 떨어진 ④번 글을 같은 방식으로 바꾸면 어떻게 될까요? 이것도 바꾸기 전 글을 먼저 보실까요.

나는 김정선이라고 하고, 서울 도봉구에서 혼자 살고 있고, 나이는 쉰셋, 직업은 뭐 그냥 이것저것 해 봤는데 신통치 않아서 그만둔 적도 많고, 부천에서 부모님 모시고 살다가 4년 전에 독립한 뒤로 올해로 어쨌든 4년 된 건데, 뭐 그럭저럭 별 탈 없이 살고 있다는 게 자랑스럽기도 하고 잘되기도 한 것 같기도 하고, 그래도 갱년기가 와서 몸이 여기저기 아픈 것 때문에 병원에 가야 할 때가 많아져서 쓸쓸할 때가 많은데 지난번엔 도봉구에 소재한 한일병원에서 내시경 검사하는데 보호자가 없으면 수면 내시경을 할 수 없다고 해서 수면 마취 하지 않고 그냥 한 것만 빼면 뭐 남부럽지 않게 살고 있으니 불만은 없지만, 그래서 우울감이 생겨도 심각하게 여기지 않겠지만, 지난번에 동회에서 편지를 보냈는데 나처럼 혼자 사는 중년을 검사해서 문제가 생기는 걸 막으려고 창동 동사무소장이 직접 편지를 쓴 게 나한테 와서 독거노인이 돼 버린 게 좀 기분 나빴지만, 내가 갑자기 아파서 응급실 같은 데 가야 할 때가 왔을 때, 실제로 두 번이나 그렇게 가 봤으니까 거짓말은 아니지만 독거 노인을 위해 감시용으로 하는 비상벨 같은 게 내 집에도 있다면 안심이 되지 않을까 잠깐 생각해 봤다.

마찬가지로 여러 문장으로 나누어 쓴 결과는 다음과 같습니다.

나는 김정선이라고 한다. 서울 도봉구에서 혼자 살고 있고, 나이는 쉰셋이다. 직업은 딱히 정해진 것이 없다. 이른바 비정규직으로 이것저것 닥치는 대로 하면서 생계를 유지하고 있다. 오랫동안 부모님을 모시고 살다가 4년 전에 독립했는데, 아직까지는 그럭저럭 별 탈 없이 살고 있는 셈이다.

다만 요즘은 갱년기가 왔는지 몸이 여기저기 아파 병원에 가야 할 일이 많아져서 고민인데 지난번엔 관내 종합병원에서 내시경 검사를 하기도 했다. 보호자가 없으면 수면 내시경을 할 수 없다고 해서 수면 마취를 하지 않고 그냥 하느라고 여간 애를 먹은 게 아니다. 몸만 아프고 만다면 그나마 걱정이 덜하겠는데, 우울감까지 겹치는 날엔 상태가 제법 심각해지기도 해서 이러다가 고독사를 하는 모양이구나 하고 혼자 쓸쓸하게 웃은 적도 있다.

그러던 중 며칠 전에 동사무소에서 안내장을 보내왔는데, 나처럼 혼자 사는 중년의 생활 실태를 조사해서 고독사 같은 문제가 생기는 걸 사전에 방지하기 위해 복지 혜택을 베푼다는 내용이었다. 졸지에 독거노인이 돼 버린 게 좀 찜찜하긴 했지만, 갑자기 아파서 응급실에 가야 할 때가 생길 수도 있으니(실제로 그런 적이 두 번이나 있었다) 독거노인을 위한 비상벨 같은 게 내 집에도 있다면 안심이 되지 않을까 잠깐 생각해 보기도 했다.

앞의 글과 비교해 보면 수정된 부분이 워낙 많아 아예 다른 글을 쓴 것처럼 보이는군요.

여러분은 어떠셨나요? 수정과 첨삭이 많았나요, 아니면 별다른 변화가 없었나요? 글쓰기가 처음인 분은 무슨 소리인가 싶을지도 모르겠군요. 그런 분은 이 과정을 몇 차례 더 반복해 보시면 도움이 될 겁니다. 그 과정에서 벌어지는 변화를 눈여겨보시면서 글의 완성도를 높여 가는 훈련을 자연스럽게 할 수 있을 테니까요.

12
글쓰기는 공간이 아니라 시간을 채우는 작업

여러분이 어느 날 영화를 보셨어요. 그런데 마지막 장면이 너무 인상적이어서 영화관을 나온 뒤에도 좀처럼 잊히지 않는 거예요. 주인공 남성이 트렌치코트를 휘날리며 항구를 걷다가 여러분을 향해 뒤돌아보는 모습이었죠. 가랑비가 내리는 가운데 배가 출항하는 모습이 배경으로 보이고 하늘에는 갈매기도 끼룩끼룩 날고 있고요. 항구 주변으로 개와 고양이가 어슬렁거리는 뭐 그런 장면이었죠. 집에 돌아가서도 여운이 길게 남아 여러분은 미국에 살고 있는 친구에게 메일로 그 장면을 알려주고 싶어졌어요. 자, 어떻게 해야 할까요?

영화의 마지막 장면이 인상적이었다는 건 주인공의

뒷모습만 아니라 가랑비와 갈매기는 물론 개와 고양이까지 한눈에 들어왔다는 거겠죠. 중심 이미지뿐 아니라 부대적인 이미지까지 더해져서 여러분의 시선을 단번에 사로잡았을 테니까요. 그런데 안타깝게도, 글쓰기에는 영상처럼 이렇게 한눈에 그리고 단번에 특정 이미지를 전달할 수 있는 방법이 없습니다. 글을 쓸 때 여러분이 할 수 있는 일이라곤 왼쪽에서 오른쪽으로, 위에서 아래로 의미의 순서, 시간의 순서에 따라 한 문장씩 써 나가는 것밖에 없죠. 어떤 내용을 먼저 쓰고 어떤 내용은 나중에 쓸 것인지, 어떤 장면을 길게 묘사하고 어떤 장면은 짧게 묘사할 것인지, 어떤 걸 반복적으로 설명하고 어떤 건 한 번만 설명하고 말 것인지, 나름의 전략을 세워서 써 나가는 수밖에 없습니다.

　그럼 이렇게 애써서 여러 개의 문장을 쓴다면 그걸로 끝나는 걸까요? 대여섯 발자국 뒤로 물러나서 여러분이 쓴 문장들을 바라보면 여러분이 묘사한 장면이 짜잔 하고 눈앞에 나타날까요? 그럴 리가요. 그럼 여러분이 애써 묘사하고 설명한 것들은 어디로 간 걸까요?

　미국에 있는 여러분의 친구가 여러분이 메일로 쓴 문장을 역시 왼쪽에서 오른쪽으로, 위에서 아래로 한 문장씩 읽어 나가면서 머릿속에 이미지를 쌓아 올릴 때 그제야 여러분이 묘사하려고 애썼던 대상이 살아나는 거죠. 여러분이 묘사와 설명을 잘했다면 친구분도 여러분이 본 영화의 마지막 장면을 함께 감상할 수 있겠지만, 잘 못했다면 친구분은 '아니 애가 지금 무슨 애길 하는 거야?' 하고 의아해하겠죠.

이는 글쓰기가 그림이나 조각 같은 조형 예술처럼 공간을 통해 의미를 드러내는 장르가 아니라 음악처럼 시간을 통해 의미를 구현해 내는 장르임을 알려 주는 방증이죠. 회화나 조각품은 멀찍이 떨어져서 전체를 감상했다가 가까이 다가가서 한 부분을 세세하게 관찰할 수도 있으나 음악이나 글은 그렇게 할 수가 없습니다. 오직 정해진 시간, 정해진 리듬에 따라 앞으로 나아가면서 감상하는 방법밖에 없으니까요. 공간이 아니라 시간을 어떻게 운용하느냐가 중요한 장르랄까요.

그러니 종이를 앞에 두거나 모니터 앞에 앉아 문장을 만들어 내기 위해 머리를 쥐어짜면서 어떻게 이 공간을 채울 것인지만 고민하는 사람은 아무래도 잘못 생각하고 있는 겁니다. 글쓰기가 단지 공간을 어떻게 채우느냐의 문제라면 모든 책을 펼쳤을 때 눈앞에 드러나는 모습이 지금처럼 한결같을 수는 없겠죠. 어떤 페이지는 물고기 모양이었다가 어떤 페이지는 사이다병 모양이어야 할 테니까요. 지금처럼 약속이나 한 듯 모두 네모반듯한 상자 안에 얌전하게 담겨 있는 걸 보면 공간은 아무런 의미를 갖지 않는다는 걸 알 수 있겠죠.

그렇습니다. 글쓰기는 공간이 아니라 시간을 채우는 작업입니다. 이때 말하는 시간은 어떤 시간일까요? 당연히 글 안에 흐르는 시간이겠죠. 그렇다면 그 시간은 어떻게 정해지는 걸까요? 여러분이 글을 어떤 속도로 쓰는지에 따라 결정될까요? 아닙니다. 여러분이 쓴 글 안에서 흐르는 시간과 그 글을 읽게 될 독자의 마음속에 흐르는 시간이 결정해 줍니다.

가령 여러분이 긴박한 장면을 묘사한 글을 썼다고 칩시다. 어떤 게 좋을까요? 딱히 그럴듯한 게 떠오르지 않으니 그냥 형사가 살인범을 쫓는 장면이라고 해 두죠. 아무튼 모두 스무 개의 문장이 긴박하게 이어지는 글입니다. 독자가 그 글을 읽는 데는 1분도 안 걸리겠죠. 그 1분 동안 손에 땀을 쥐는 경험을 하게 될 겁니다. 긴장감에 심장 박동도 당연히 빨라지겠죠. 다 읽고 나서는 '야, 참 잘 썼다. 속도감 있게 전개되는 게 무척 흥미로운걸' 하고 감탄할지도 모릅니다.

그렇다면 여러분이 쓴 그 글을 읽으면서 독자가 느끼는 속도감은 여러분이 글을 쓴 속도 때문에 생긴 걸까요? 아니죠. 왜냐하면 그 스무 개의 문장을 여러분은 열흘 동안 머리를 쥐어짜며 하루에 두 문장씩 써서 겨우겨우 완성했을지도 모르니까요. 여러분이 어떤 상황에서 어떤 고통을 겪으며 어떤 속도로 글을 썼는지는 독자가 그 글을 읽는 데 아무런 영향도 끼치지 않습니다. 오로지 그 글을 읽는 독자의 마음속에 흐르는 기대 시간에 여러분이 쓴 글 안에 흐르는 시간이 어떻게 호응하는지 따라 여러분이 쓴 글의 리듬이 결정되는 것뿐이죠.

가령 다음 두 문장을 볼까요.

나는 아침에 잠에서 깼고 세수를 했고 아침을 먹었고 옷을 입었고 출근을 했고 열심히 일을 했다.

나는 아침에 일어나 세수를 하고 아침을 먹은 다음 옷을 입고 출근해서는 하루 종일 열심히 일했다.

두 문장을 읽을 때 독자가 느끼게 될 시간 감각은 전혀 다를 수밖에 없겠죠. 앞의 문장에서는 시간이 전혀 흐르질 않잖아요. 그러니 독자의 마음속에 이미 흐르고 있는 기대 시간과 마찰을 빚게 될 테고 어쩐지 한곳에 붙잡힌 듯한 기분을 느끼겠죠. 반면 뒤의 글은 문장 안에서 시간이 자연스럽게 흘러가며 독자의 기대 시간과 전혀 마찰을 빚지 않은 덕분에 독자에게 어떤 불편도 주지 않겠죠. 똑같은 내용을 담은 문장인데도 이렇게 달리 읽히는 건 공간을 채우고 있는 내용 때문이 아니라, 그 안에 흐르고 있는 시간 때문이라고밖에 달리 설명할 수 없습니다.

그럼 훈련을 통해 직접 그 시간의 차이를 느껴 보실까요. 지난번에 '너만의 것'에 대해 쓴 글이 있죠. 그 글을 한 번은 반으로 줄여 써 보고 또 한 번은 두 배로 늘여 써 보시기 바랍니다. 어차피 상상으로 쓴 글이니까 상상력을 더 발휘하셔서 줄였다가 늘였다가 해 보자는 겁니다. 물론 다양한 시간의 차이를 느껴 보시면서 말이죠.

13
{ **말로 할 때와 글로 쓸 때의 차이** }

　말은 글보다는 시간의 저항을 덜 받아서 상대적으로 더 자유로운 편이죠. 가령 자신이 살아온 이야기를 책으로 쓴다면 열 권으로도 모자랄 거라고 말씀하시는 어르신들이 계시지만, 아마도 편집자들은 이런 이야기를 들으면 한 권을 어떻게 채울지 걱정할 겁니다. 그분들의 신산한 삶을 별것 아닌 일로 치부해서가 아니라, 구구절절한 사연을 말로 들을 때와 글로 읽을 때는 상황이 전혀 다르기 때문이죠. 말로 들을 때는 같은 이야기가 반복되어도 여전히 눈물 나고 가슴 아프지만, 글로 써 놓은 걸 읽을 때는 동어반복, 중언부언된 표현들은 이미 정리가 되었으므로 같은 이야기를 반복해서 읽을 수는 없을 테니까요.

　강연 내용을 녹취해서 책으로 낼 때도 마찬가집니다. 대부분은 강연자, 그러니까 책의 저자가 녹취한 내용을 직접 정리해서 원고를 만들지만, 사정이 여의치 않은 경우 편집자가 대신 정리하기도 하죠. 그럴 때 제아무리 논리적으로 말을 하는 강사라도 녹취된 내용을 그대로 옮겨서 책으로 낼 수는 없습니다. 말로 하는 강연은 그날 강연장을 찾은 청중의 반응이나 분위기에 따라 내용이 샛길로 빠질 수도 있고 뒤에 할 이야기를 앞에 할 수도 있고 정작 해야 할 중요한 이야기를 빠뜨릴 수도 있죠. 경우에 따라서는 그다지 중요하지 않은 이야기가 그날따라 좋은 반응을 이끌어 내는 바람에 강연 시간 내내 이어질 수도 있을 테고요.

　문제는 이걸 글로 옮겨야 한다는 거죠. 평서체로 옮길 때는 물론이지만 그냥 강연에서 하던 대로 경어체로 옮길 때도 마찬가지로 대대적인 수정 작업이 필요합니다. 우선 전체 내용의 윤곽을 짜서 중심 내용과 주변 내용으로 나눈 다음 필요하지 않은 내용은 과감하게 잘라 내고, 강연에서 말로 한 순서와는 별개로 글로 이어지는 내용에 따른 순서를 다시 정하기도 해야죠. 말로 할 때는 어느 시점에선 천천히 그리고 조용히 이야기를 전달하다가도 어느 시점에선 흥분해 가며 목소리를 높여 빠른 속도로 이야기하기도 했을 겁니다. 하지만 글에서 시간이 그런 식으로 제멋대로 흘러서는 곤란하죠. 청중이 현장에서 목소리로 듣는 게 아니라 독자가 차분한 공간에서 시선으로 읽는 책을 만드는 것이니까요.

유명 강사가 하는 강연에서만 이런 일이 벌어지는 건 아닙니다. 예전에 어느 단체에서 글다듬기 강연을 할 때 중년의 여성분이 낸 글이 아주 흥미로웠던 기억이 있습니다. 글의 제목은 '첫사랑'이었고, 내용은 대학에서 만난 운동권 선배가 자신의 첫사랑이었다는 이야기였습니다. 그 선배를 따라 시위에도 나가고 했던 일을 당시 온 나라를 뒤집어 놓다시피 했던 국정농단 사건과 연결지어서 잘 거론했는데 문제는 그다음이었죠. 글쓴이가 그때 만난 여자 짝꿍 이야기로 글이 이어졌는데, 아직도 잘 지내고 있다면서 그 친구의 부모님이 편찮아 고민이다, 다행히 내 부모님은 건강하시다, 그래도 그 친구의 아이들은 공부를 잘해서 원하는 대학에 들어갔으니 그 점에선 나보다 훨씬 낫다, 뭐 이런 이야기를 늘어놓았다가 다시 첫사랑 이야기로 돌아가는 식이었습니다. 다듬기만 해서는 해결될 상황이 아니어서 잘 말씀을 드리고 돌려드린 기억이 나는군요.

그런데 생각해 보면 어쩐지 낯익은 형식의 전개 아닌 가요? 글로 읽어서 어색하고 이상했다뿐이지 말로 했다면 흥미진진하게 들었을 법한 이야기 아닌가요? 맞습니다. 여러분이나 저도 자주 하는 형식의 이야기입니다. 친한 지인과 함께 차를 마시면서 이야기를 나눌 때 바로 이렇게 하니까요. 첫사랑 이야기 하다가 지인의 근황을 물었다가 자식이나 배우자 이야기 했다가 다시 첫사랑 이야기로 돌아오길 반복하곤 하잖아요. 아니 우리가 직접 하지 않더라도 옆자리에 앉은 사람들이 이런 이야기를 나눈다면 나도 모르게 귀를 기울이게 되겠죠.

말과 글이 이렇게 다릅니다. 일단 말은 상대가 있는 것이라 자신만의 짜임새 있는 시간으로 직조될 필요가 없습니다. 게다가 동어반복, 중언부언도 흠이 되지 않죠. 경우에 따라서는 같은 말을 반복함으로써 상대의 공감을 이끌어 낼 수도 있으니까요. 어디 그뿐인가요. 말은 목소리로만 하는 것도 아니어서 표정이며 몸짓이며 때로는 침묵까지 상대의 공감이나 이해를 얻기 위해 동원되기도 합니다.

반면 글은 이 모든 조건을 단 하나도 갖고 있지 못합니다. 오직 읽는 행위 하나만으로 독자를 정해진 시간 동안 묶어 두어야 하고 그 과정에서 공감도 얻고 이해도 얻어야 합니다. 독자의 시간, 즉 독자가 글을 읽는 동안 어떤 시간을 경험하게 될지를 고려하지 않는다면 불가능한 일이죠.

그런 의미에서 이번에도 색다른 연습을 해 보면 어떨까요? 여러분 각자가 지인과 대화를 나누면서 휴대전화로 목소리를 녹음하는 겁니다. 물론 지인의 허락을 구해야겠죠. 그러고 나서 녹음된 내용을 그대로 글로 옮긴 뒤에 다시 그 글을 제대로 된 글로 정리해 보는 겁니다. 양이 너무 많으면 녹취하는 데만도 오랜 시간이 필요할 테니 여러분이 상대적으로 길게 얘기한 부분 중에서 약간만 녹취를 하는 편이 좋겠군요. 아마도 그대로 문장으로 옮겨 보면 '내가 이렇게 말했단 말이야?' 하고 놀라시게 될지도 모르겠네요. 그리고 그걸 다시 제대로 된 문장으로 옮겨 보면 무척 흥미로우실 겁니다.

말하자면 말의 시간을 글의 시간으로 바꾸는 작업인 셈이죠.

14
{ 짧게 줄여 쓸 때와 길게 늘여 쓸 때 }

12장에서 낸 과제, 즉 줄여 써 보기도 하고 늘여 써 보기도 할 글을 먼저 보여 드리겠습니다.

가정 폭력 신고를 받을 때가 가장 난감한 건 다른 폭력 사건과 달리 가해자가 더 기세등등한 경우가 많아서인데, 아무리 경찰이라 해도 '자기 집'에 침입해 이래라저래라 참견하는 '오지랖 넓은 인간들'로 규정하고는 외려 더 큰소리를 치기 때문인데, 새벽녘에 신고를 받고 사수와 함께 출동하면서도 그런 걱정이 들어 해당 주소의 집을 확인하고 우선 집 주변을 살폈는데, 여름이라 활짝 열린 방 창문으로 형광등 불빛이 환하게 쏟아져 나오는 걸 보니 사람이 깨어 있는 건 확실해 보였고, 게다가 이 시간에 불을 켜고 있는 건 이 집뿐인 걸 보면 신고 접수된 집이 분명하다는 판단이 들어 조심스레 현관문 앞으로 다가가 소리를 들어 보니 아무 소리도 들리지 않아 잠깐 걱정이 앞서는 것이었는데, 이럴 경우 피해자가 폭행을 당하다 기절을 했거나 아니면 안타깝지만 사망했을 수도 있어서, 현관문을 두드리는 사수 뒤에서 나는 심호흡을 깊게 해야 했는데, 잠시 후 아니나 다를까 안에서 중년 남자의 조심스러운 목소리가 흘러나오는 것이어서 공연히 경찰이라고 밝혔다가 피해자에게 더 해가 될지도 모르고 아니면 가해자가 피해자를 인질로 삼을 수도 있어서 문을 열 때까지 경찰임을 밝히지 않았는데, 막상 문이 열리고 나자 집 안은 별것 없이 평온한 분위기여서 가슴을 쓸어내리며 남자의 신원조회를 하고 방 안까지 꼼꼼히 살핀 다음 신고가 접수되었다는 사실을 알렸다.

이 글을 먼저 절반 정도의 분량으로 줄여 써 봤습니다.

새벽녘에 가정 폭력 신고를 받았다. 사수와 함께 출동해 해당 주소의 집을 확인하고 조심스레 현관문 앞으로 다가가 소리를 들어 보니 아무 소리도 들리지 않았다. 현관문을 두드리는 사수 뒤에서 나는 심호흡을 깊게 했다. 잠시 후 아니나 다를까 안에서 중년 남자의 조심스러운 목소리가 흘러나오는 것이 아닌가. 공연히 경찰이라고 밝혔다가 피해자에게 더 해가 될지도 모르고 아니면 가해자가 피해자를 인질로 삼을 수도 있어서 문을 열 때까지 경찰임을 밝히지 않았는데, 막상 문이 열리고 나자 집 안은 별것 없이 평온한 분위기여서 가슴을 쓸어내렸다. 우리는 중년 남자의 신원조회를 하고 방 안까지 꼼꼼히 살핀 다음 가정 폭력 신고가 접수되었다는 사실을 알렸다.

그리고 다음은 두 배 분량으로 늘여 쓴 겁니다.

가정 폭력 신고를 받을 때가 가장 난감하다. 다른 폭력 사건과 달리 가해자가 더 기세등등한 경우가 많아서인데, 아무리 경찰이라 해도 '자기 집'에 침입해 이래라저래라 참견하는 '오지랖 넓은 인간들'로 규정하고는 외려 더 큰소리를 치기 때문이다.

새벽녘에 신고를 받고 사수와 함께 출동하면서도 그런 걱정이 들었다. 해당 주소의 집을 확인하고 우선 집 주변을 살폈다. 여름이라 활짝 열린 방 창문으로 형광등 불빛이 환하게 쏟아져 나오는 걸 보니 사람이 깨어 있는 건 확실해 보였고, 게다가 이 시간에 불을 켜고 있는 건 이 집뿐인 걸 보면 신고 접수된 집이 분명하다는 판단이 들었다.

조심스레 현관문 앞으로 다가가 소리를 들어 보니 아무 소리도 들리지 않아 잠깐 걱정이 앞섰다. 이럴 경우 피해자가 폭행을 당하다 기절을 했거나 아니면 안타깝지만 사망했을 수도 있기 때문이었다. 현관문을 두드리는 사수 뒤에서 나는 심호흡을 깊게 했다. 잠시 후 아니나 다를까 안에서 중년 남자의 조심스러운 목소리가 흘러나오는 것이 아닌가.

"누구…… 세요?"

"문 좀 열어 주실 수 있을까요?"

공연히 경찰이라고 밝혔다가 피해자에게 더 해가 될지도 모르고 아니면 가해자가 피해자를 인질로 삼을 수도 있어서 우리는 경찰임을 밝히지 않았다.

"무슨…… 일 때문에…… 그러시는데요?"

이번엔 잔뜩 겁먹은 목소리가 흘러나왔다.

"뭘 좀 확인할 게 있어서요. 잠깐이면 됩니다."

남자는 할 수 없었던지 빠끔히 문을 열었다. 그러고는 경찰관 둘이 서 있는 걸 보고 안심이 되었는지 문을 활짝 열고 놀란 표정을 지어 보였다. 우리는 문 안으로 들어서서 신발을 벗고 방 안쪽까지 둘러보고는 "혼자 계시는 건가요?" 하고 물었다.

"혼자 사니까요. 근데 그건 왜 물으시죠?"

"이 주소로 신고가 들어왔어요. 가정집에서 여성이 폭행을 당하고 있다는 내용이었고요. 밖에서 창문을 확인해 보니 불이 환하게 켜져 있어서요."

방 안까지 둘러보고 남자의 신원조회까지 마친 다음 사수가 남자에게 혹시 위층엔 누가 사느냐고 물었다.

"주인 할머니가 혼자 사시는데요."

"그럼 잠깐 안내 좀 해 주실 수 있나요?"

주인 할머니는 남자와 달리 끝까지 문을 열어 주지 않았다. 남자가 따라 올라와서 설명을 한 뒤에야 조심스레 문을 열고 우리를 빠끔히 내다보았다.

주인 할머니 집까지 확인을 하고 계단을 내려가는데 할머니와 남자의 대화 소리가 들려왔다.

"아니 그렇게 무턱대고 문을 열어 주면 어째요? 나쁜 놈이면 어쩌려고!"

"그래서 저도 처음엔 안 열어 줬는데 계속 열어 달라고 하길래……."

"아이고, 이 새벽에 남의 집에 들이닥쳐서 문을 열라고 하는데 순순히 열어 줄 사람이 누가 있겠어요. 아무리 경찰관이라도 그렇지. 다음부턴 절대로 열어 주지 말아요! 요즘이 어떤 세상인데."

우리는 씁쓸한 마음으로 계단을 내려갔다.

　세 편의 글이 보이는 가장 큰 차이점은 물론 길이죠. 줄여 쓴 글이 가장 짧고 원래의 글은 그것보다 두 배 길고 나머지 세 번째 글은 원래 글보다 또 두 배 깁니다. 이 말은 세 편의 글을 읽는 데 드는 시간이 꼭 그만큼 차이가 난다는 뜻이기도 하죠. 가장 짧은 글을 읽는 데 걸리는 시간이 가장 짧겠죠. 세 번째 글을 읽는 시간은 가장 길 테고요.

　바로 이 부분에 주목해야 합니다. 원래의 글을 절반 분량으로 줄이거나 두 배로 늘일 때 우리가 감안해야 하는 건 내용만이 아니라는 거죠. 가령 원래의 글에서 열 가지 이야기를 거론했으니 반으로 줄인다면 다섯 가지만 거론하고, 두 배로 늘인다면 스무 가지를 늘어놓아야 하는 게 아닙니다. 그렇게 되면 자칫 전혀 다른 글이 될 수도 있으니까요.

　글을 줄여 쓰거나 늘여 쓸 때 우리가 주의해야 할 건 외려 시간입니다. 반으로 줄여 쓴다는 건 원래 글을 읽는 데 필요한 시간보다 절반으로 준 시간에 글을 다 읽게 만들어야 한다는 의미고, 두 배로 늘여 쓴다는 건 마찬가지로 두 배의 시간 동안 읽게 만들어야 한다는 의미라는 거죠. 여기서 말하는 시간이 그저 물리적인 시간만은 아닌 건 물론입니다. 반복해서 말하지만, 그건 글을 읽는 독자의 심리적인 시간도 포함된 시간이죠.

가령 앞의 세 편의 글 중 가장 짧은 글을 읽을 땐 가장 긴 글을 읽을 때와 사뭇 다른 심리적 시간을 경험하게 되죠. 무엇보다 문장과 문장 사이의 의미의 틈이 커서 개괄적인 글을 읽는 기분이 듭니다. 구체적인 묘사는 드물고 설명이 많은 부분을 차지하죠. 이를테면 나머지 두 편의 글에서는 모두 "형광등 불빛"이 등장한 반면 가장 짧은 글에서는 빠졌죠.

'형광등 불빛' 같은 구체적인 대상은 글을 읽는 독자를 구체적인 상황으로 끌고 들어가는 매개물입니다. 일단 구체적인 상황 속으로 독자를 끌고 들어가면, 그 안에서 벌어지는 다른 상황도 겪게 해야 하고 종국에는 그 상황에서 무리 없이 빠져나오게 만들어야 하는데, 허락된 짧은 시간 안에서는 도저히 그리할 수가 없습니다. 그러니 짧은 글에서는 구체성을 제거해야만 하죠. 가정폭력 가해자의 특징이나 방 안의 풍경, 중년 남자나 주인 할머니의 목소리 따위는 과감하게 버려야 한달까요.

반면 두 배로 길게 쓸 때는 구체성은 물론 구체적인 이야기까지 고려해야 합니다. 갑자기 등장인물들이 중요한 역할을 하게 되고 당연히 그들의 캐릭터를 살려야만 이야기의 설득력 또한 커지겠죠. 다른 두 편의 글과 달리 독자의 시선이 화자에게만 머물지도 않습니다. 다른 두 편의 글이 화자의 주장을 설명만으로 또는 적당한 묘사를 동반한 설명만으로 듣게 되는 반면, 가장 긴 글은 이야기 속으로 독자를 끌고 들어가야 하기에 화자의 목소리에만 붙들려 있게 만들 수 없습니다.

이처럼 글을 줄여 쓰거나 늘여 쓰는 것은 글의 길이와 그에 따르는 시간 감각을 익히는 데 도움이 되니 반복적으로 연습해 보시기 바랍니다.

15

{ 내 말을 녹음해 보면,
"내가 이렇게 말한다고?" }

93년이었는데요, 『한국인』이라는 잡지사에서 편집기자 모집한다고 그래서 시험 보고 면접 보고 들어갔는데 기자는 무슨 그냥 앉아 가지고 하하하 그냥 편집부였어요. 그때만 해도 원고지로 쓴 거나 팩스로 이렇게 원고를 받아 가지고 교정 보고 미술부에 주면 거기서 이제 직접 책을 만들던 시대니까, 교정지 초교 재교 봐서 만들고……. 그다음에 이제 저희가 했던 작업은 그 원고지 10매, 15매의 원고를 받으면 그걸 이제 큰 제목 작은 제목 정하고 중간에 이렇게 요약, 뽑음말 같은 거 정하고, 이제 그걸 원고지에 써서 편집부장한테 가서 검사받고 그랬죠. 빨간 펜으로 고치면서 그때 훈련이 좀…… 속으로 욕을 많이 하고 그랬지만 스트레스 많이 받았지만 자연스럽게 훈련이 됐던 것 같아요. 그분이 그때 그러니까 이제 찍찍 긋고 이게 무슨 말이냐고 물어보면 저는 이게 이러저러해서 이 글에 보니까 이런 내용이 있어서 이런저런 말입니다 하면 그럼 그렇게 쓰지 왜 이렇게 썼냐고 말하는 대로 쓰지. 근데 그게 사실 쉬운 건⋯⋯ 쉽지 않잖아요. 저는 이제 제가 어문계열을 전공한 데다가 고등학교 대학교 때 다 문학반을 다녀서 대학 때는 또 소설 쓴답시고 끼적거리기도 하고 그랬었고 그래서 제가 글을 잘 쓴다고 생각을 했던 모양이에요. 근데 이제 그런 과정을 거치면서 어⋯⋯ 느꼈던 게 어⋯⋯ 내가 왜 근거도 없이 그런 생각을 했을까. 왜냐하면 그 무렵에 막 꿈에도 나오고 그랬어요. 꿈에서 누군가가 갑자기 나한테 이게 무슨 말이야, 이렇게 물어본다거나, 내가 쓴 글에 대해서, 노이로제가 걸릴 정도로 계속 반복되니까. 아 그 무렵에 이제 『흐르는 강물처럼』이라는 영화, 그 아주 옛날 영화인데 감독도 잊어버렸고 다 잊어버렸는데, 아무튼 사람들은 그걸 낚시 영화이자 인생 영화라고 기억을 하는데 저는 그걸 글쓰기 영화로 기억하는 이유가 거기 나오는 두 주인공이 목사님 아들인데 목사님이 이제 이 꼬맹이들이 낚시 가고 싶어서 막 근질근질거리는데 글쓰기를 시켜요. 그래 가지고 가져오면 찍찍찍찍 다시 써 오라고 하고 줄이라고 그러고 그럼 또 받아

가지고 둘이 다락방 책상에 앉아서 발가락 꼼지락거리며 써서 갖다 주고 마지막에 오케이가 떨어지면 둘이서 신나 가지고 낚싯대 들고 강으로 가서 낚시하고 그러는데, 그걸 보면서 그런 생각이 들더라구요. 부장님 생각도 나고 나는 저런 훈련을 집에서도 받아 본 적이 없고 학교 다니면서도 받아 본 적이 없는데……. 한국 사람 누가 그걸 받아봤겠어 요. 그런데 내가 왜 글을 잘 쓴다고 글 쓰는 일을 해야겠다, 글과 관련된 일을 해야겠다고 생각한 이유가 뭘까. 아무런 근거도 없는데. 그래서 그 무렵 한 이삼 년 거기서 그 편집 부장하고 암튼 여러 가지 의견이 나하고 다른 사람이었는 데도 불구하고 어쨌든 훈련을 받은 게 많이 도움이 됐던 것 같아요. 저는 고등학교만 졸업하면 누구든 전문 교재가 아 닌 다음에는 잡지든 신문이든 책이든 에…… 누구든 나이 제 한을 두지 않는, 자격 제한을 두지 않는 거니까 책이 되어 나오면 읽을 수 있어야 한다고…… 이해할 수 있게 문장이 되어야 한다고 생각했는데, 그분은 중학교만 나오면, 중학 교만 졸업하면 누구든 읽을 수 있어야 한다고 그렇게 주장 하던 분이라, 그 에…… 멋 부리지 않고 누구든 이해할 수 있 는 문장을 쓰는 훈련을 그때 주로 받았던 셈이죠. 그게 제 일 기억에 남긴 하네요. 아픈 기억이긴 하지만요.

제가 한 말입니다. 녹취를 하기 전까지는 제가 '이따위'로 말을 할 줄은 정말 몰랐네요. 어떤 매체와 한 인터뷰 내용 중 일부인데 마침 제가 휴대전화로 녹음을 해놓아서 이렇게 녹취를 할 수 있었습니다. 특별한 이유가 있어서 녹음을 한 건 아니고, 그 무렵 천식을 앓는 바람에 강연에서든 인터뷰에서든 금방 목이 잠겨서 마음이 조급해지니 자연히 말이 빨라지더라고요. 저 나름대로 방안이라고 강구한 것이 녹음을 하는 것이었죠. 녹음기가 돌아가고 있다는 생각을 하면 서둘지 않고 또박또박 말하지 않을까 싶어서 했던 건데, 솔직히 별 효과는 없더라고요. 물론 다 허락을 얻고 했습니다. 아무튼 덕분에 여기서 이렇게 요긴하게 쓰네요.

일일이 다 읽어 보실 필요도 없지만 슬쩍만 봐도 횡설수설한다는 느낌이 드시죠? 앞에서 말씀드렸다시피 말은 목소리로만 하는 게 아닌 데다, 상대와 마주 앉아 있는 것만으로도 이미 서로 맥락이 통했다고 할 수 있어서, 논리적이 아니어도 이해와 공감을 얻는 게 어렵지 않지만, 그걸 그대로 글로 옮기면 그 맥락이 빠져 버리니 맥이 없어질 수밖에 없습니다. 갑자기 그때 저를 인터뷰하고 기사로 정리했던 기자분에게 미안해지는군요.

여러분이 녹취하신 건 어떤가요? 아마 크게 다르지

않겠죠? 사실 강연도 비슷합니다. 현장에서 들을 땐 흥미도 있고 때로는 감동도 느끼지만, 그대로 글로 옮겨놓으면 삼분의 일 이상은 횡설수설일 때가 많죠. 이게 말과 글의 차이인 셈이죠.

그럼 인터뷰 내용을 잘 읽히는 글로 정리하면 어떻게 될까요?

1993년 잡지사 『한국인』 편집부에 들어가면서 편집 일을 시작하게 되었습니다. 당시엔 원고지에 쓴 원고를 우편으로 받거나 A4 용지에 타이핑한 원고를 팩스로 받아서 작업을 했죠. 제가 한 일은 주로 원고 교정 교열을 보고 제목 달고 내용 요약해서 정리하는 거였는데, 그 내용을 원고지에 써서 편집부장에게 검사를 받곤 했어요. 그게 좀 스트레스를 받는 일이었죠. 편집부장이 마치 빨간 펜 선생님처럼 마음에 들지 않는 문장에 밑줄을 긋고는 "이게 무슨 말이야?" 하고 묻곤 했거든요. 이러저러한 말이라고 대답하면 "그럼 그렇게 쓸 것이지 왜 이렇게 쓴 거야?" 하고 다시 써 오라고 하기 일쑤였고요. 아마도 저 스스로 글깨나 쓴다고 착각을 했던 모양이에요. 그걸 모욕으로 받아들인 걸 보면요. 꿈에서도 나올 정도였으니 싫긴 싫었던 모양입니다.

그 무렵 『흐르는 강물처럼』이라는 미국 영화가 개봉되었는데, 대개의 사람이 낚시 영화이자 인생 영화로 기억하는 그 영화를 저는 글쓰기 영화로 기억합니다. 아버지인 목사가 어린 두 아들에게 글쓰기 숙제를 내는 장면이 등장하거든요. 강으로 플라잉 낚시를 가고 싶어 안달이 난 두 주인공이 다락방 책상 앞에 앉아 발가락을 꼼지락거리며 아버지의 지시대로 글을 고치고 줄이고 하는 장면이 무척 인상적이었죠. 마침내 허락을 얻고 낚싯대를 들고 뛰어가는 두 주인공의 모습도 좀처럼 잊기 어려운 장면이었고요. 그 영화를 보면서 저런 훈련을 집에서도 받은 적이 없고 학교에서도 따로 받은 기억이 없는데, 나는 대체 무슨 근거로 스스로 글을 잘 쓴다고 착각했으며, 글과 관련된 일을 하겠다고 결심하게 되었을까 자문하게 되었달까요.

그 뒤로 비록 스트레스는 받았지만 편집부장과 계속 부딪히면서 쉽게 읽히고 정확하게 이해되는 문장을 쓰는 법을 훈련받게 되었습니다. 저는 고등학교만 졸업하면 어떤 책이든 어렵지 않게 읽고 이해할 수 있어야 한다고 생각했는데, 당시 편집부장은 중학교만 졸업하면 누구나 그럴 수 있어야 한다고 주장하는 분이었거든요.

같은 사람이 말로 한 것과 글로 정리한 것이 왜 이렇게 다를까요? 일단 양으로만 따져도 삼분의 일이 줄어

들었네요. 동어반복, 중언부언한 내용이 잘려 나가고 전체 내용에도 제 나름의 질서를 부여한 결과죠. 그렇다면 그 질서는 어떤 규칙에 의해서 부여된 것일까요. 저는 시간이라고 생각합니다.

말로 할 때는 앞에 앉은 상대만 고려하면 되지 전체를 고려할 필요가 없죠. 경우에 따라서는 앞에 한 말을 다시 고쳐 말할 수도 있고 심지어는 앞에 한 말을 다 부정하고 다시 할 수도 있는 게 말이니까요. 하지만 글은 그렇지 않습니다. 앞에 쓴 글을 고쳐 쓸 수도 없고 앞에 쓴 글을 다 부정하고 다시 쓸 수도 없습니다. 아니 그럴 수 있지만 그렇게 되면 문제의 앞에 쓴 글은 말 그대로 고쳐지고 지워지겠죠. 그러니 더 이상 앞에 쓴 글 같은 건 존재하지 않게 되는 셈입니다.

그렇게 고쳐 쓸 때 우리가 기준으로 삼는 건 독자의 눈에 어떻게 읽히느냐겠죠. 내 눈이라면 어차피 다 알고 있는 내용이니 정리하고 말 것도 없겠지만, 나를 전혀 모르는 불특정 독자를 고려하면 그들이 끝까지 읽을 그 시간을 견딜 수 있는 질서가 필요하겠죠.

그 질서란 무색, 무취, 무미의 질서라고 할 수 있습니다. 말하자면 앞의 인터뷰 녹취 글에서 느껴지는 자연인 김정선의 목소리와 성격, 언어 습관 등을 제거한 결과물이랄까요. 그이의 웃음소리는 물론 말을 더듬으면서 길게 끄는 음이나 이런저런 소리에다 심지어 체취까지 모두 글에서 지워 내야 합니다. 그래야 차량의 진입을 막기 위해 길에 부려 놓은 요철처럼 울퉁불퉁하거나 마치 수영을 못 해서 자맥질할 때처럼 끊임없이 오르내리는 상황을 모두 다잡을 수 있겠죠. 어떤 대목에선 길게 늘어지고 어떤 대목에선 급하게 이어지는 시간도 정돈할 수 있을 테고요.

여러분이 녹취한 내용과 다시 글로 정리한 문장은 어땠나요? 제 경우처럼 차이가 컸나요, 아니면 크게 손을 보지 않아도 될 만큼 깔끔했나요? 무척 궁금하군요.

16
진정성과 진솔함이 담긴 글이라뇨?

오랫동안 남의 글을 다듬는 일을 직업 삼다 보니, 글을 보면 진정성이 담긴 글인지 아닌지 금방 알 수 있느냐는 질문을 받을 때도 있습니다. 답부터 말하자면 아닙니다.

한창 까불 땐 누군가의 글을 다듬으면서 이제는 저자의 건강 상태까지 짐작할 수 있는 건가, 착각할 때도 있었습니다. 실제로 교정지를 가져다주면서 "혹시 이분 어디 편찮으신가요?" 하고 편집자에게 물었더니 "어, 어떻게 아셨어요? 얼마 전에 들었는데 암 투병 중이시라네요"라는 답을 듣고는 스스로에게 놀란 적이 있었거든요. 하지만 그건 우연의 일치였을 뿐 그분의 글에 그런 기미가 담겨 있었던 건 결코 아니었습니다.

　지금은 누가 그런 질문을 하면, "저는 글과 그 글을 쓴 사람의 개인적인 상황은 별개라고 생각합니다"라고 답하곤 합니다. 실제로 그렇지 않을까요. 동화 작가가 모두 아이 같은 감성을 지녔다고 단정 지을 수 없을 테니까요. 직접 만나 보니 줄담배를 피우고 말술을 즐기는 걸걸한 목소리의 중년 남성일 수도 있고, 거꾸로 잔인한 장면으로 도배가 되다시피 한 범죄소설을 쓴 작가가 아이 같은 감성의 소유자일 수도 있으니까요.

　어느 강연에서 "저는 글을 신뢰하지 않습니다"라고 말한 기억이 나는군요. 사실입니다. 글을 신뢰하지 않습니다. 말도 마찬가지고요. 말과 글은 신뢰의 대상이 아니라고 생각한다는 게 더 정확한 표현이겠군요. 앞에서 여러 번 말씀드린 것처럼 말과 글 모두 자연스러운 행동이 아니라 인위적이고 작위적인 질서를 필요로 하는 시스템이라고 믿기 때문이죠.

　게다가 말과 글의 내용은 언제든 바꿀 수 있죠. 몸과 마음을 바꾸는 것과는 비교가 되지 않을 만큼 쉬운 일입니다. 일상다반사日常茶飯事라고 하던가요? 말 그대로 차 마시고 밥 먹는 일만큼이나 쉬운 일일 겁니다. 특히나 지식인이 예전에 공식적인 자리에서 하고 썼던 말과 글의 내용을 시간이 지난 뒤에 손바닥 뒤집듯 바꾸는 걸 보면 역시 말과 글은 신뢰의 대상이 아니구나 싶어진달까요.

가끔은 그런 생각도 듭니다. 많이 배우고 읽고 쓴 경험이란 건 결국 좀 더 세련된 자기변명이나 자기 합리화를 위한 도구에 지나지 않는구나 하는 생각이요. 씁쓸하지만 뭐, 어쩔 수 없죠.

지식인의 글만 신뢰하기 어려운 건 아닙니다. 흔히들 '진정성'이나 '진솔함'에 대해 얘기하면서 그런 삶을 살아온 분이 쓴 글에는 당연히 진정성과 진솔함이 듬뿍 담길 거라고 말하지만, 저는 그런 말에 동의하지 않습니다. 오랫동안 농사만 지으며 살아오신 나이 든 농부에게 글을 쓰라고 하면 어떤 글을 쓰시게 될까요. 아마도 사회 통념에 반하지 않는 글을 거기에 부합하는 문장으로 쓰시지 않을까요. '농자는 천하지대본이다', '땅은 농부의 땀을 배반하지 않는다', '열심히 사는 것만이 어려움을 극복하는 길이다' 등등. 이분이 진정성 있는 삶을 살지 않아서가 아닙니다. 글을 써 본 경험이 없기 때문이죠. 당연한 것 아닐까요. 진정성 있는 삶을 진솔하게 살아온 분이라면 설령 글을 써 본 적이 없더라도 누구나 진정성 있고 진솔한 내용의 글을 쓸 거라는 생각은 늘

착하게 살았으니 물에 빠진다 해도 비록 수영은 못 해도 죽지 않을 거야 하고 믿는 것과 다르지 않겠죠.

진정성이 담긴 글이나 진솔함이 느껴지는 글이 따로 있다고 생각하지 않습니다. 다만 진정성이 담긴 글이나 진솔함이 느껴지는 글로 읽게 만드는 전략과 기술이 있다고 믿을 뿐이죠.

제게는 잊을 수 없는 글이 있습니다. 30여 년 전 군에 입대해 있는 제게 어머니가 보내 주신 편지입니다. 훈련소에 입소하면 집으로 편지를 쓰게 하는데 저 또한 의무적으로 짧은 편지를 한 통 써 보냈죠. 그 답장으로 어머니 또한 짧은 편지를 보내신 겁니다. 아직도 첫 문장을 잊지 못합니다.

큰아들 정선이 보아라.

이 문장이 어찌나 어색하던지 다음 문장이 눈에 제대로 들어오지도 않더군요. 그 뒤에 이어지는 문장도 마찬가지였습니다. "집 걱정은 말고 몸 건강히 잘 있다 오거라. 아버지와 나도 건강하게 잘 지내고 있단다. 동생도 학교에 잘 다니고 있으니 걱정하지 말거라" 등등.

어머니가 평소에 쓰던 말투와 전혀 다른 문장이어서

어색하기도 했지만, 그보다는 문장의 내용이 마치 지금 같으면 '군대 간 아들에게 보내는 편지'라고 검색하면 쏟아져 나올 만한 것이어서 더 어색했던 기억이 나네요. 아마도 어머니가 교육을 많이 받은 분이었다면 좀 다른 내용의 문장을 구사하셨겠죠. 아들이 보기에 더 진정성이 느껴지거나 진솔함이 묻어나게 쓰는 기술을 당신도 모르게 익히셨을 테니 말이죠. 문장 하나하나에 당신의 감정을 담뿍 담아 쓰시지 않았을까요. 그렇다고 제 어머니가 실제로 써 보낸 편지엔 진정성이 담기지 않았다고 할 수도 없겠죠. 그러니 여기 어디에 '진정성'과 '진솔함' 이라는 잣대를 들이댈 수 있겠습니까.

물론 남이 쓴 글을 읽으면서 기댈 곳을 전혀 찾지 못하는 건 아닙니다. 글쓴이에게는 신경 쓰지 않아도 글 안에서 자신의 이야기를 들려주는 이른바 '화자'話者나 '서술자'敍述者에게는 늘 신경을 쓰는 편입니다. 그들이 어떤 태도를 취하느냐에 따라 문장의 결이나 성격이 달라지니까요. 가령 조심스럽게 조곤조곤 이야기를 들려주는 화자나 서술자라면 문장 또한 독자의 눈높이에 맞게 설득하듯 이어지겠지만, 시니컬한 성격의 화자나 서술자라면 문장 또한 치고 빠지는 식으로 비아냥거리는 듯한 문장이 이어질 테니까요.

그러니 저는 진정성이나 진솔함도 글 안의 화자나 서술자가 취하는 태도를 기반으로 평가하는 편입니다. 화자가 교육을 제대로 못 받은 사람으로 설정되었는데 느닷없이 학술적인 토론에 어울릴 만한 발언을 이어간다면 진정성이 떨어진다고 봐야겠죠. 뭐 이런 식입니다.

진정성과 진솔함에 지나치게 매이지 말고 자유롭게 글을 쓰시라고 이런 얘기를 길게 늘어놓았습니다.

17
{ **정해진 분량에 맞춰 쓰는 연습** }

이번에 할 글쓰기 연습은 분량을 정해 놓고 맞춰서 쓰는 연습입니다. 일기를 쓰시는 분은 오늘부터 일주일 동안 늘 쓰던 대로 일기를 쓰시되 양을 정해 놓고 쓰시면 되고, 일기를 쓰지 않는 분은 일주일 동안만 일기도 좋고 서평도 좋고 영화평도 좋고 어떤 형식의 글이든 하루에 한 편씩 꾸준히 쓰시면 되겠습니다. 다만 정해진 양을 꼭 채워야 합니다. 양을 넘기면 무조건 거기서 멈춰야 하고요. 문장이 완성되지 않았더라도 그 순간 멈춰야 하는 게 룰이니까요.

분량은 컴퓨터 한글 프로그램 화면에서, 11포인트 크기의 글자로, 제목을 쓰시고 세 칸 내려서 본격적으로 쓰기 시작해서 한 면을 채울 때까지입니다. 원고지로는 7.6장이라고 나오는데, 아무튼 다음 화면으로 넘어가지 않는 게 중요합니다. 하루 종일 아무것도 하지 않고 빈둥거리기만 했어도 그날 이야기를 한 장에 채워야 하고, 참 별일이다 싶을 정도로 일도 많고 사건도 많은 날이었다 해도 한 장을 넘기지 말아야 합니다. 일기가 아닌 다른 글을 쓰시는 분도 마찬가지고요.

이런 연습을 하는 이유는 앞에서 말씀드린 시간 감각을 키우기 위해서입니다. 대화라면 요즘 유행하는 말로 'T. M. I'Too Much Information라고 하나요? 군이 언급하지 않아도 되는 세세한 부분까지 온갖 수다를 다 떨고 나서 다시 본론으로 돌아와도 아무런 문제가 없지만, 글은 그렇지 않기에 내가 글을 쓰면서 어떤 식으로 시간을 운영하는지 알아보는 훈련이 필요합니다.

양을 정해 놓고 써 보시면 아마도 둘 중 하나일 거예요. 어떻게 해도 분량을 채우지 못하는 경우와 늘 넘치는 경우. 처음 이틀은 분량을 의식하지 말고 쓰신 다음 자신이 어떤 유형인지 파악해 보시기 바랍니다. 전자라면 호흡을 좀 더 길게 유지하면서 한발 앞으로 다가가 더 구체적인 묘사나 설명까지 곁들이는 방법을 취해 보시고, 후자라면 한발 뒤로 물러나서 전체를 조망해 가며 글을 써 보는 것이 좋겠네요. 말하자면 세세한 부분에서 벗어나 글에서 다루는 중심 사건이나 개념 혹은 주요 사건에 주목하는 방식으로 말이죠.

　분량을 채우지 못하는 분은 메트로놈으로 따진다면 막대가 왔다 갔다 하는 시간이 지나치게 짧은 겁니다. 그러니 마음의 메트로놈을 좀 더 천천히 움직이게 조정할 필요가 있겠죠. 글을 쓰기 전에 이미 결론을 내려놓고 어떻게든 그 결론으로 빨리 다가가야 한다는 마음으로 글을 쓰면 조급해질 수밖에 없습니다. 결론을 향해 가는 길에 거쳐야 하는 골목이며 건널목이 모두 그저 지나는 길에 불과하기 때문에 풍경이 보일 리가 없습니다. 결론은 잊고 한 발짝 앞으로 다가가서 여유 있는 마음으로 그 풍경을 낱낱이 즐겨 보는 건 어떨까요. 그러다 보면 생각지도 못했던 엉뚱한 길로 나갈 수도 있는데, 그게 글을 쓰는 보람이자 기쁨 가운데 하나라는 생각으로 더 구체적인 묘사와 설명을 즐겨 보시죠.

　반면 분량 안에 글을 끝내지 못하는 분은 글의 개요나 중점적으로 설명해야 할 내용을 미리 메모해 놓고 글을 써 보세요. 한 가지 묘사나 설명을 시작하면 적당한 길이에서 끝맺지 못하는 글쓰기 습관을 가지고 있다면 조리 있는 글을 쓰기 어려우니 되도록 고치는 것이 좋겠습니다. 그게 아니라 얘기할 게 너무 많아서 분량을 맞추지 못한다면 말씀드린 대로 미리 할 얘기를 메모해 놓고 쓰거나 되도록 문장을 짧게 쓰는 연습을 해 보시는 것도 도움이 되겠죠.

본인이 어떤 유형인지 파악했다면 다음 이틀 동안은 분량을 의식하면서 다시 써 보시기 바랍니다. 그리고 분량에 맞춰 쓰는 데 어느 정도 성공했다면 나머지 사흘은 다시 분량을 의식하지 말고 써 보세요.

이번 연습부터는 제목을 반드시 써 주시기 바랍니다. 제목을 정하는 것까지 글쓰기에 포함된다는 건 모두들 잘 아실 겁니다. 따라서 제목을 정하는 훈련도 반드시 해야 하는데, 따로 연습하기가 뭐하니 글을 쓸 때마다 되도록 제목을 정해 쓰는 습관을 들이는 것이 좋겠습니다. 나중에 자신만의 글을 쓰는 데 어느 정도 자신감이 붙었을 때에도 제목을 정하는 데 어려움을 겪을 수 있으니 평소에 연습을 해 놓는 것이 좋겠죠.

18
{ 몸 안에 새겨지는 시간 감각 }

  분량에 맞춰 쓰는 데 어느 정도 적응이 되셨나요? 힘
드셨나요, 아니면 막상 해 보니 별것 아니던가요? 어느
쪽이든 상관없습니다. 사실 맞춰 쓰고 못 쓰고가 중요한
건 아니거든요. 다만 맞춰 쓰려고 애쓰는 과정에서 시간
감각을 몸에 배게 하는 게 중요할 뿐이죠. 훈련을 위해
선 어쩔 수 없이 정확히 맞춰 쓰시라고 할 수밖에 없었
습니다.

  분량에 맞춰 쓰는 건데 왜 공간 감각이라고 하지 않
고 시간 감각이라고 하느냐고요? 그건 앞에서도 말씀드
린 바와 같이 글쓰기가 공간을 채우는 작업인 것만은 아
니기 때문입니다. 가령 제가 11포인트 크기의 글자로 한

장을 채우라고 말씀드렸지만 10포인트라면 어떨까요? 9포인트라면요? 상황이 달라질까요? 아니 그렇지 않습니다. 단지 공간을 채우는 훈련을 하는 게 아니기 때문이죠. 문제는 그 분량의 글을 읽게 될 독자가 어떤 흐름으로 처음부터 끝까지 읽어 나가게 될지 그 리듬을 몸에 익히자는 것이니까요. 그러니 시간 감각인 셈이죠.

여러분도 당연히 독자가 되어 본 적이 많을 테니 한번 상상해 보시죠. 소설이나 에세이나 신문에 실린 칼럼을 읽을 때 어떤 차이가 있었는지 말이죠. 한 권짜리 장편소설을 읽으면서 마치 단거리 달리기 선수처럼 달려 나가지는 않을 겁니다. 첫 문장부터 여유를 가지고 읽어 나가면서 우선은 어떤 인물이 등장할지 또 그 인물들이 어떤 사건에 휘말리게 될지 상상하게 되겠죠. 그런데 소설의 문장이 치밀한 묘사에만 매달리느라 문장과 문장 사이가 짧아 거의 시간이 흐르지 않는 것처럼 느껴진다면 여러분은 혼란스러울 겁니다. 기대하던 시간의 흐름과 전혀 다른 전개를 보이는 것이니 말이죠. 이런 소설이 실제로 있습니다. 이른바 '앙티로망', 즉 '반反소설'이라고 불렸던 소설입니다. 기존의 소설과 다른 소설을 쓰기 위해 형식 실험을 한 셈인데 결국엔 시간에 손을 댄 것이죠. 이 사례에서도 글에서 시간이 차지하는 위상을

짐작할 수 있겠죠.

실제로 소설을 읽는 시간이 소설 안에 흐르는 시간보다 더 긴 소설이 있습니다. 상식적으로는 거꾸로여야 하는데 말이죠. 대표적인 소설이 제임스 조이스의 『율리시스』입니다. 1904년 6월 16일 하루 동안 주인공에게 일어난 일을 그린 소설인데 분량이 어마어마해서 도저히 하루 만에 읽을 수 없는 소설입니다. 대부분의 소설은 소설 안에서 흐르는 시간이 소설을 읽는 데 걸리는 시간보다 길죠. 어떤 소설은 단편이어서 읽는 데 30분이 채 걸리지 않는데 그 안에 담긴 이야기는 3대에 걸친 가족사가 될 수도 있으니까요.

한편 에세이를 읽을 때는 어떤가요. 첫 문장을 읽을 때부터 각각의 문장이 전체 이야기나 논증을 위해 필요한 것이 아니라 그 자체로 목적인 문장을 만난다는 느낌으로 즐기게 될 겁니다. 그러니 글 안에 흐르는 시간은 한낮의 구름처럼 유유히 흘러가겠죠. 글의 묘사나 설명이 그런 흐름을 즐기고 있는 독자의 마음을 함부로 뒤흔들거나 거꾸로 지체되지 않도록 동일한 흐름으로 이어져야 할 겁니다.

칼럼은 어떨까요? 신문에 실리는 칼럼의 경우 대부분 시사적인 문제와 관련된 내용을 다루기가 쉽겠죠. 첫 문장을 읽을 때부터 우리는 칼럼의 전체 글이 우리를 어떻게 설득할지에 관심을 기울이지 않을 수 없을 겁니다. 그러니 소설이나 에세이와 달리 글 안에 흐르는 시간이 결론으로 집중되면서 빠른 속도로 흐를 겁니다. 결국 칼럼을 쓰면서 소설이나 에세이를 쓸 때처럼 사소한 이야기에 지나치게 비중을 두어서는 곤란하겠죠.

다시 말하지만 글을 쓰면서 우리가 전략적으로 몸에 익혀야 하는 시간 감각은 글을 쓰는 우리의 시간이 아니라 우리가 쓴 글을 읽게 될 독자의 마음속에 흐르는 시간과 관련된 감각입니다. 이 감각을 익혀 두어야 교과서적으로 글을 쓸 때뿐 아니라 나만의 방식으로 글을 쓸 때도 참고할 수 있겠죠. 의외의 방식으로 글을 전개해 나간다고 할 때 그 '의외'라는 것도 따지고 보면 독자가 일반적으로 갖게 되는 시간 감각에 반전이라는 충격을 준 것일 테니까요.

19
{ 정해진 분량으로 일기 쓰기 }

정해진 분량에 맞춰 쓰는 연습이 흥미로우시다면 계속해 보는 것도 나쁘지 않을 겁니다. 시간 얘기만 너무 반복해서 저도 이젠 지겨운지라 살짝 다른 표현으로 바꾸자면 결국 이 모든 게 편집 능력을 키우는 훈련이니까요. 말하기나 글쓰기 모두 이런저런 정보가 내 안에 들어왔다가 어떤 편집 과정을 거쳐서 나가느냐의 문제 아니겠어요. 다만 편집이라고 하면 너무 광범위한 데다 자칫 공간 배치만 떠올리게 될까 봐 쓰기가 꺼려졌을 뿐입니다.

다음은 제가 쓴 두 편의 일기입니다. 하루는 정말이지 아무 일도 일어나지 않은 날의 일기고, 다른 하나는 생일을 맞아 이런저런 일을 벌인 날의 일기여서 자연스레 비교가 될 것 같네요. 우선 아무 일도 일어나지 않은 날의 일기부터 볼까요.

오늘은 아무 일도 일어나지 않았다

오늘은 아무 일도 일어나지 않았다. 교정지도 한 장 보지 않았고 책 한 줄 읽지 않았다. 아무도 내게 전화하지 않았고 나 또한 아무에게도 전화하지 않았다. 비도 오지 않았고 눈도 오지 않았으며 심지어는 바람 한 점 불지 않았다.

갑자기 찾아든 무력감에 기운을 차리지 못하고 방 안에 누워서 오전을 보내고 억지로 한 술 뜨고 난 뒤에 다시 누웠다. 평소와 다름없이 음식물을 되새김질하듯 몇 번 되넘기고 나서 마지막엔 화장실 변기에 게워 내고 말았다. 누워서 이 생각 저 생각하다가 까무룩 잠이 들었다.

꿈을 꾸었는데 꿈속에서도 나는 무사無事한 하루를 보내고 있었다. 아무 일도 일어나지 않았고, 아무도 내게 전화하지 않았으며 나 또한 아무에게도 전화하지 않았다. 비도 오지 않았고 눈도 오지 않았으며 심지어는 바람 한 점 불지 않았다. 꿈이 너무 꿈같지 않아서 깨고 싶어졌는데 이렇다 할 사건이 없어서인지 깨는 것도 쉽지가 않았다. 오직 그것만

이, 그러니까 이 망할 놈의 꿈에서 깰 수 없다는 것만이 꿈 속에서 겪은 유일한 꿈같은 일이었다.

깨고 보니 무사한 꿈 내용과 달리 내 몸은 식은땀을 흘리고 있었다. 요 근래 낮이든 밤이든 잠에 들면 한 시간이나 두 시간, 길게 자 봐야 네 시간을 넘기지 못하고 깨곤 했다. 식은땀을 흘릴 때도 있었고 아닐 때도 있었다. 밥을 먹을 때도 있었고 하루 종일 아무런 식욕을 느끼지 못할 때도 있었다. 내 몸마저 아무 일도 일어나지 않는 일상처럼 아무것도 하고 싶지 않은 모양이라고 나는 생각했다.

'아니야, 이렇게 살 수는 없어.'

어렵게 몸을 일으켜 옷을 주워 입고 동네 한의원을 찾아갔다. 병원에서 이미 이런저런 검사를 받았지만 별 문제가 없다는 답변만 들었노라는 내 설명을 듣고 나서 한의사는 가만히 맥을 짚어 보더니 기력이 쇠한 것 같다는, 너무 뻔해서 깜짝 놀랄 만한 진단을 내려 주었다. 오늘은 한의사도 그저 무사한 하루를 보내는 게 지상 목표였던 모양이라고 나는 생각했다.

"밥을 먹고 소화를 제대로 시키고 정해진 시간만큼 깨지 않고 잠을 자는 것 모두, 기력이 있어야 가능한 일이에요."

기력을 되찾도록 우선 보약을 먹어 보자고 해서 그러자고 하고 한의원을 나왔다. 약은 내일 찾기로 했다. 집으로 되

돌아가는 발걸음이 무거웠다. 왼쪽으로는 건물들이 나란히 서 있었고, 오른쪽에선 차들이 줄을 서서 천천히 움직였다. 건물과 차도 오늘은 무조건 별일 없는 하루가 되어야 한다는 선서라도 한 것처럼 그렇게 내 왼쪽과 오른쪽에서 모두 무사했다.

오늘은 아무 일도 일어나지 않았다. 교정지도 한 장 보지 않았고 책도 한 줄 읽지 않았다. 아무도 내게 전화하지 않았고 나 또한 아무에게도 전화하지 않았다. 비도 오지 않았고 눈도 오지 않았으며 심지어는 바람 한 점 불지 않았다.

처음에 머릿속에서 구상을 할 때는 하루 종일 아무 일도 일어나지 않았다는 내용만 반복할 생각이었습니다. "아무도 내게 전화하지 않았고 나 또한 아무에게도 전화하지 않았다. 비도 오지 않았고 눈도 오지 않았으며 심지어는 바람 한 점 불지 않았다"라는 문장이 마음에 들어 어떤 방식으로 이걸 변주하면서 반복 효과를 낼 것인지만 고민했죠. 그런데 양이 문제였습니다. 아무래도 아무 일도 일어나지 않았다는 내용의 문장만으로는 정해진 분량을 채우기가 어려운 데다가, 설사 채운다 해도 과하다 싶었죠. 반복도 반복 나름이니까요.

그때 떠오른 게 그날 한의원에 다녀온 일이었습니다.

처음엔 아무 일도 일어나지 않은 하루의 분위기와 맞지 않아서 당연히 뺄 생각이었지만, 다시 생각해 보니 정말 아무 일도 일어나지 않은 하루를 보내기란 불가능할 테니 실제로 아무 일도 일어나지 않았다면, 역설적으로 매우 특별한 하루가 될 거라는 생각이 들었죠. 따라서 뭔가 일상적이면서도 반복적이지 않은 사건이 끼어드는 것도 나쁘지 않겠다 싶었습니다. 그 사건이 거꾸로 아무 일도 일어나지 않은 하루에 방점을 찍어 줄 수도 있겠다 싶었달까요.

결국 한의원 이야기를 추가하고 마지막엔 분량을 맞추기 위해 맨 앞에 쓴 문장들을 반복해서 쓰는 걸로 마무리했습니다. 제목은 당연히 '오늘은 아무 일도 일어나지 않았다'로 했고요.

다음은 생일을 맞아 이런저런 일을 겪은 또 다른 날의 일기입니다.

거짓말 같은 하루

한약을 일주일 정도 먹었을 무렵 생일을 맞았다.

생일을 특별하게 맞아 본 적이 없다. 어려서부터 그랬다.

그 습관이 나이가 들어서도 계속되어서 아예 주변 사람에

118

게 내 생일을 알려 준 기억이 거의 없다. 그런데 이번엔 좀 달랐다. 몇 년간 몸과 마음을 앓느라 지쳐서 그런지 좀 특별하게 보내고 싶어졌다. 원래는 밤기차를 타고 정동진에 가서 일출을 보고 강릉에 들렀다가 돌아오자는, 남들에겐 뻔하지만 그런 걸 한 번도 해 본 적이 없는 내겐 제법 그럴싸한 계획을 세웠더랬는데, 한약을 일주일을 먹었음에도 별 차도가 보이지 않아 다음으로 미룰 수밖에 없었다.

대신 파마를 하기로 했다. 여름부터 기른 머리가 주체할 수 없게 돼 버려서 중간에 한 번 다듬었는데 그때 갔던 헤어숍에서 언제든 오라고 한 기억이 나 점심을 먹고 바로 달려갔다. 간단한 상담을 끝내고 본격적인 파마가 시작되었다. 자리에 앉아서 내 머리에 하나둘 롤이 말리는 걸 전면 거울을 통해 바라보다가 나도 모르게 피식 웃고 말았다.

"왜요? 뭐 잘못됐나요?"

롤을 말던 원장이 거울 안의 내게 물었다.

"아니요, 그냥…… 제가 이러고 앉아서 파마를 하고 있는 모습이 너무 신기해서요. 생전 처음 하는 파마거든요."

"그럴 수 있겠네요. 이제부터 자주 하세요. 뭐 나쁜 짓도 아닌걸요."

"그러게요. 나쁜 짓도 아닌데 왜 그동안 한 번도 해 볼 생각을 못 했을까요."

나쁜 짓도 아닌데 오십 대가 되어서야 처음으로 머리를 길러 보고 쉰세 번째 생일날 처음으로 파마를 한 것이다. 나쁜 짓도 아닌데.

파마를 하고 나서 저녁엔 동네에 있는 메가박스로 영화를 보러 갔다. 여기도 처음이었다. 이사 온 지 만 4년이 다 되어 가는데 매번 생각만 하곤 한 번도 오지 못했다. 멀지도 않은데. 7층 창가에 서서 멀리 보이는 북한산과 그 앞에 병풍처럼 늘어서 있는 아파트 단지와 그 앞으로 무슨 가구처럼 부려져 있는 키 작은 건물들이 어스름에 젖어 가는 풍경을 지켜보다가 시간이 되어서 영화관 안으로 들어갔다.

영화는 추리물이었는데 재미있었다. 특히 거짓말을 하면 바로 게워 내는 소녀 캐릭터가 흥미로웠다. 음식을 먹었다 하면 바로 되새김질을 하기 시작한 지 어느덧 2년이 다 되어간다. 내시경에 시티에 초음파까지 검사했지만 원인을 찾지 못했다. 저 소녀처럼 거짓말을 해서일까. 하루도 거르지 않고 끼니때마다 하는 거짓말이란 과연 뭘까. 혹시나 사는 것 자체가 내겐 다 거짓말이라는 걸까?

영화를 보고 나와서 터덜터덜 집으로 돌아왔다. 생일이고 하니 그럴듯한 곳에 가서 맛있는 걸 사 먹었으면 좋겠는데 속사정이 그렇지 못해서 하는 수 없이 들어가는 길에 누룽지와 북어를 사서 누룽지북어탕을 만들어 천천히 먹었다.

앞의 일기와 다르게 특별한 날의 일기입니다. 하루 동안 일어난 일만 해도 차이가 나죠. 한의원에 다녀온 걸 빼면 아무 일도 일어나지 않았던 앞의 날과 달리 이날은 무엇보다 생일이고, 따라서 비록 실행에 옮기지는 못했지만 하루를 어떻게 보낼지 내 나름대로 계획이 있던 날이었으니까요. 그것만도 특별해 보이는데 계획했던 일들 대신 파마를 하고 영화를 보고 집에 와서는 특식을 만들어 먹기도 했네요. 자, 그럼 이걸 어떻게 정해진 분량에 다 담을까요.

처음엔 파마한 이야기를 중심으로 쓸 생각이었습니다. 하지만 생전 처음 해 보는 파마라곤 해도 생일을 맞아 한 거라면 뭐 그렇게 특별하게 여겨질 것 같지 않아, 그 전엔 생일을 어떻게 보냈는지에 대한 설명을 곁들였죠. 헤어숍 안 풍경 묘사도 처음에 계획했던 건 더 구체적이었어요. 무슨 우주인처럼 머리에 온통 헤어롤을 돌돌 말고 비닐캡을 뒤집어쓴 채로 앉아 있는 내 모습이며, 그 위에서 열기를 내뿜으면서 빙빙 돌아가는 정체불명의 기계며, 그런 모습을 늘 바깥에서 헤어숍 앞을 지나며 힐끗 훔쳐보곤 하다가 이젠 거꾸로 구경거리가 된 내 처지며, 뭐 이런 것을 구체적으로 묘사해 보면 어떨까 싶었거든요. 그렇지만 이 또한 저한테나 신기할 뿐 글을 읽을 사람 모두에게 그런 건 아니잖아요.

대화도 실제로는 더 흥미로웠답니다. 원장이 대뜸 혼자 사느냐고 묻더니 그렇다고 하자 "혹시 글 쓰시는 분 아니에요?" 하고 물었거든요. 출판 관련 일을 하면서 글도 쓰긴 한다고 답하고는 "그런데 그걸 어떻게 아셨어요?" 하고 놀라는 듯한 표정으로 내가 되묻자, 원래 미장원을 오래 하다 보면 사람 보는 눈이 생긴다고 답하더라고요. 내가 이번엔 "그럼 제가 내년에도 건강하게 잘 살까요?" 하고 장난스럽게 묻자 "그런 것까진 몰라요. 점쟁이도 아닌데요. 그래도 딱 보니까 건강하게 잘 사실 것 같네요" 하고 웃어넘기지 뭡니까.

하지만 이 대화까지 적으면 헤어숍 원장을 중심인물로 등장시키게 돼 어떻게든 역할을 부여해야 하기에 어쩔 수 없이 빼 버렸습니다.

영화관에서 영화 본 이야기는 정말이지 특별할 게 없는지라 7층에서 바라본 풍경 묘사를 집어넣었는데, 그 순간 영화에 등장하는 인물 가운데 유독 눈에 띄었던 소녀가, 내가 2년 가까이 음식물을 되넘기느라 고생하고 있는 상황과 맞물려서 떠오른 겁니다. 이 글의 열쇳말이 된 '거짓말'이 등장하게 된 배경이기도 하고요. 글은 내가 쓰는 게 아니라 글이 쓴다는 말이 이래서 나온 모양입니다. 자연스럽게 마무리는 비록 생일이지만 속이 편치 않아 집에서 직접 저녁을 해 먹는 걸로 정리할 수 있었죠.

제목도 원래는 '특별한 하루'로 정했다가, 중간쯤 쓰면서 '특별한 생일을 보내다'로 바꾸었는데, 마지막에 결정적인 단어가 등장하는 바람에 결국 '거짓말 같은 하루'가 되었고요.

이 모든 변화가 글을 쓰면서 생긴다는 게 참 신기합니다. 만일 정해진 분량이라는 제약이 없다면 굳이 이 같은 '편집 작업'을 하게 될까요? 아니겠죠. 쓰고 싶은 내용을 그야말로 마음 가는 대로 다 적으면 되는데 일부러 그런 작업을 할 이유가 없겠죠. 이게 바로 정해진 분량에 맞춰 쓰는 연습을 해 보라고 말씀드린 이유입니다.

{ 글은 언제 어떻게 써야 하나요? }

"글은 언제 어떻게 써야 하나요?"

엄밀히 말하면 저는 글쓰기 강사도 아닌데, 강연장에서 이런 질문을 가끔 받곤 합니다. 아마도 이런 답변을 기대하셨을지 모르겠네요.

"하루도 빠짐없이 즐거우나 괴로우나 정해진 시간에 글을 쓰는 습관을 들이는 게 좋습니다."

그렇지만 저는 이런 답변을 해 본 적이 없습니다. 우리가 글 쓰는 인공지능도 아니고 무엇 때문에 하루도 빠짐없이 즐거우나 괴로우나 정해진 시간에 글을 써야 하는지 모르겠기 때문이죠. 만일 작가가 되기 위해 훈련을 하는 문학청년이라면 글쓰기와 관련된 근육을 키울 필요가 있으니 저런 훈련을 하는 게 도움이 되겠죠. 그러나 그게 아니라면 굳이 저렇게까지 훈련을 할 필요는 없지 않을까요.

생활 글을 잘 써 볼 요량으로 이 책을 읽고 계시는 분이라면 매일 정해진 시간에 정해진 분량의 글을 쓰는 연습을 일부러 하실 필요는 없다고 봅니다. 우리 같은 사람에게 필요한 건 글을 쓰는 행위와 친해지는 것이지 어떻게든 작가가 되는 게 아니니까요. 자칫 친해지기도 전에 글쓰기에 질려 버릴 수도 있지 않을까요.

그것보다는 자신이 어떨 때 글을 쓰고 싶어지는지 파악하는 게 더 중요하겠죠. 어떤 사람은 슬플 때 글을 쓰고 싶어진다고 하고, 어떤 사람은 분노를 느낄 때 글을 쓰고 싶어진다고 하는 반면, 기분이 좋을 때 글을 쓰고 싶어진다는 사람도 있을 테니까요. 여러분은 어떨 때 글을 쓰고 싶어지나요?

만일 슬플 때 유독 글을 쓰고 싶어진다면 내 안에 고인 슬픔이라는 감정을 표현하고자 하는 욕망이 강한 것일 테니 무엇보다 슬픔에 관한 글을 쓰는 게 좋겠죠. 분노가 동인이라면 분노에 대해, 기쁨이 그렇다면 역시 기쁨에 대해 써야 할 테고요. 그럼 결국 단 한 가지 감정만을 소재로 해서 글을 쓰게 될 텐데 괜찮을까요 하고 물으신다면 괜찮고말고요 하고 답해 드리겠습니다. 한 가지 감정이라고 해서 천편일률적이리라고 단정한다면 글을 쓰는 사람의 자세라고 할 수 없지 않을까요.

우리가 앞에서 '나만의 슬픔, 나만의 기쁨, 나만의 분노', 이 모든 '나만의 것'을 '모두의 언어'로 옮기는 게 글쓰기라고 규정하지 않았던가요. 그러니 우선 슬픔 자체가 그냥 슬픔이 아닌 거죠. '나만의 슬픔'이니까요. '모두의 언어'로 표현하는 과정에서 나부터 과연 그것이 어떤 모습을 하고 있는지 확인해야 하는 '나만의 슬픔'이면서, 더 나아가 내 몫의 문장을 통해 새롭게 변신하게 될 '나만의 슬픔'이기도 한 거죠.

슬픔 한 가지를 소재로 평생 글을 쓸 수도 있습니다. 왜 안 되겠어요. 물론 그건 분노도 마찬가지고 기쁨이나 희열도 마찬가지겠죠. 중요한 건 그 감정을 소재로 끊임없이 글을 씀으로써 내가 왜 특정 감정에 사로잡혀 사는지 확인하는 것이 아닐까요. 나는 왜 슬픔에만 격하게 반응하는지, 왜 분노라는 감정에 유독 민감한지, 기쁨과 희열을 느낄 때만 모든 감각이 생생하게 살아나는 것 같은지. 아니면 거꾸로 나는 왜 기쁨과 희열을 느껴야 할 때 유독 어색해지는 건지, 왜 분노를 표출해야 할 때마다 뭘 어떻게 해야 좋을지 몰라서 안절부절못하는지, 왜 슬픔을 느끼는 데 유난히 거부 반응을 보여서 슬픈 감정을 어떻게 처리해야 할지 모르겠는지 등등.

그러니 글은 언제 어떻게 써야 하는지를 묻기보다, 나는 왜 지금 글을 쓰고 있으며 왜 특정 소재로 글을 쓰고 있는지에 대해 끊임없이 물어야 하지 않을까요.

21
{ **처음으로 돌아가서** }

이쯤에서 다시 처음으로 돌아가 보는 건 어떨까요? 기억하시나요? 한 문장을 끊지 않고 길게 썼던 거요. 처음엔 '이런 게 어떻게 글쓰기 훈련이 된다는 거야' 하고 어리둥절해하셨을지 모르겠네요. 사실은 저도 그랬습니다. 여러 사람을 대상으로 일일이 검증해 본 것도 아니어서 확신할 수 없었으니까요.

그런데 곰곰 생각해 보면 글쓰기 훈련을 누군가를 대상으로 검증해 본다는 것 자체가 우스운 일 아닐까요. 글을 쓴다는 건 지극히 개별적인 행위인데 검증된 방법 운운한다는 게 말이 안 되니까요. 다만 기존의 글쓰기 책이 대부분 글을 잘 쓰기 위해 필요한 팁 위주로 쓰여 있어서, 이래 가지고는 글을 써 볼 기회가 거의 없는 분에게는 큰 도움이 되지 않겠다 싶어서 이런 시도를 하게 되었습니다. 말하자면 이 책을 읽으면서 같이 글을 써 보도록 하려면 어떻게 하는 게 좋을까 고민하다가 이런 방법을 고안하게 된 거죠.

책 서두에 해야 할 말을 말미에 와서 그것도 고백하듯 털어놓고 있자니 저도 어처구니가 없긴 하지만, 이런 이야기를 앞에서 구구절절 늘어놓으면 왠지 맥이 빠질 것 같아서 일단은 여기까지 아무 말 없이 달려왔습니다. 여러분도 저와 같이 잘 달려오셨는지 모르겠군요. 잘 달려오셨다면 딱히 억울하실 건 없으리라고 봅니다.

그래도 정리는 해야 하지 않을까요. 처음에 무리수를 던지듯 제안했던 방법이 정말 여러분 각자에게 효과가 있는 방법이었는지 여러분 각자가 직접 검증해 보는 시간이 필요하달까요. 개별적인 검증이라면 아무 문제 없을 테니까요.

검증 방법은 간단합니다. 처음에 했던 작업을 다시 해 보고 나서 결과물을 비교하면 되니까요. 아무래도 지금까지 이런저런 훈련을 거쳤으니 이번엔 처음보다 더 쉽고 그럴듯하게 쓸 수 있지 않을까요?

그런지 어떤지 한번 확인해 보죠.

다만 이번엔 소재를 정해 놓고 쓰는 건 어떨까요? 처음과 달리 기량이 나아졌을 테니 이 정도 제약 조건은 충분히 극복할 수 있겠죠.

어떤 소재가 좋을까요? 음, '위시 리스트'는 어떨까요? 이참에 나만의 '위시 리스트'를 확인해 보는 것도 괜찮을 듯하고 아니면 '위시 리스트'라는 것 자체를 비판하는 글이어도 좋고요. 그도 아니면 굳이 '리스트'에 국한하지 않고 여러분 나름의 상상력을 발휘해 봐도 괜찮겠네요.

그러면 소재는 '위시 리스트'로 하고 제목이나 내용은 각자 알아서 쓰는 걸로 하죠. 잊지 않으셨겠지만 다시 확인하는 차원에서 말씀드리자면, 되도록 문장을 끊지 않고 쓰셔야 하는데 정 불가능하다 싶으면 한두 번 정도 끊는 건 상관없습니다.

자, 그럼 이번엔 말 그대로 '심혈을 기울여서' 한번 써 보실까요.

{ 다시 길게 쓰는 한 문장 }

나의 소원은

『정희진처럼 읽기』(정희진, 교양인, 2014) 가운데 「"내게 설명해 줘!"」라는 제목의 꼭지 첫 문장을 좀처럼 잊을 수가 없는데, 왜냐하면 그 문장이 저자의 소원을 말하는 문장이었지만, 소원이라고 하기엔 공공연하게 밝힐 만한 내용이 아니어서도 그렇고, 왜 하필 그런 소원을 갖게 되었는지 궁금하기도 할뿐더러, 한편으로는 설령 그런 소원을 갖게 되었다 하더라도 굳이 자신이 쓰는 책의 한 문장에, 그것도 한 꼭지의 첫 문장에 밝힌다는 게 어떤 의도를 갖지 않고는 불가능하지 않나 하는 생각에서도 고개를 갸웃하게 만

들었는데, 오랫동안 평화학을 연구한 저자인지라 그 숨은 의도에 더 관심이 가는 게 사실이어서 그 생각을 오래 하다 보니, 어느 순간 나로 하여금 이렇게 궁금증을 자아내게도 하고 한편으로는 글쓴이의 숨은 의도를 헤아려 보게도 만든 걸 보니 이런 게 바로 강렬한 첫 문장이 주는 효과로구나 싶어지면서, 역시 글을 잘 쓰는 저자는 뭐가 달라도 다르다는 감탄을 했는데, 그러면서도 감탄만 하고 있을 수만은 없었던 이유는 나 또한 같은 내용을, 소원이라고 하기엔 좀 그렇지만, 아무튼 바란 적이 있었다는 걸 깨달았기 때문이고, 그 순간부터는 문제의 첫 문장을 읽으면서 느낀 놀라움보다 그 깨달음이 주는 놀라움이 외려 더 커지면서 내 안에 도저히 감당할 수 없는 충격을 가하기 시작했으며, 결국 저자가 처음부터 의도하진 않았을망정 나는 그 첫 문장이 만들어 낸 의외의 효과에 부르르 몸을 떨 수밖에 없었으니, 문제의 첫 문장은 바로 "나의 소원은 인류 멸망이다"이다.

여러분은 어떠셨나요? 처음보다 쉬웠나요, 아니면 소재가 정해진 글이어서 쓰기가 더 까다로웠나요? 모두 처음보다는 쓰기가 나았기를 바랍니다. 그래야 저도 면이 서니까요. 여기까지 달려왔는데 아무런 차이가 없다면 정말이지 면목이 없지 않겠습니까.

이번엔 각자 쓰신 글에서 좀 다른 걸 주목해 보겠습니다. 바로 연결어미예요. 처음에 길게 쓴 한 문장보다 더 다양한 연결어미를 쓰셨다면 바람직한 효과를 얻은 거라고 할 수 있습니다. 제가 쓴 글에서 보면, '-는데, -지만, -ㄹ뿐더러, -는데, -면서, -는데, -으며, -ㄹ망정, -으니' 등으로 이어지는 연결어미가 나타나는군요. 연결어미를 바로 앞에 쓴 것과 겹치지 않으면서 다채롭게 쓸 수 있다는 건 문장과 문장을 의도한 대로 잘 꿰어 독자가 읽을 때 정체되지 않고 일정한 흐름을 느끼게끔 쓰고 있다는 것이니, 결국 글의 맥락을 제대로 전달했다는 방증이겠죠.

제목을 "나의 소원은"이라고 붙인 건 통념상 '나의 소원은' 하면 떠올리는 김구 선생의 「나의 소원」이라는 글 때문이었습니다. 소원의 내용이 전혀 다른 맥락을 지녔기에 글을 읽는 사람이 예상했던 것과 전혀 다른 내용이 전개되면서 자연히 상상력을 발동하게 되리라 기대했기 때문이죠.

여러분이 쓰신 제목도 글의 내용이나 맥락과 잘 연결되는지 살펴보시기 바랍니다.

이어서 곧바로 마지막 훈련으로 넘어가겠습니다. 본격적인 짧은 문장 쓰기입니다. 맨 처음에 문장을 짧게

쓰는 게 능사는 아니라고 했지만 그래도 추세가 추세인
지라 무작정 무시할 수만은 없겠죠. 방금 쓴 글을 최대
한 짧은 문장으로 나누어 쓰면 됩니다. 얼마나 짧은 문
장으로 쓸 수 있는지 확인해 보시죠. 물론 문장의 순서
를 바꾸어도 상관없고 아예 구성을 바꾸어도 문제없습
니다.

23
{ 본격적인 짧은 문장 쓰기 }

『정희진처럼 읽기』(정희진, 교양인, 2014)에서 맞닥뜨린 한 문장을 잊을 수가 없다.「"내게 설명해 줘!"」라는 제목의 꼭지 첫 문장이다. 저자의 소원을 말하는 문장이었지만, 소원이라고 하기엔 공공연하게 밝힐 만한 내용이 아니었다.

왜 하필 그런 소원을 갖게 되었을까. 궁금했다. 한편으로는 의아하기도 했다. 설령 그런 소원을 갖게 되었더라도 굳이 공공연하게 밝힐 필요가 있었을까. 자신이 쓰는 책의 한 문장에, 그것도 한 꼭지의 첫 문장에? 어떤 의도를 갖지 않고는 불가능하지 않을까. 오랫동안 평화학을 연구한 저자인지라 그 숨은 의도에 더 관심이 갔다. 그러다가 문득 이런 생각이 들었다. 나로 하여금 이렇게 궁금증을 자아내게 하고, 글쓴이의 숨은 의도까지 헤아려 보게 만들었으니 강렬한 첫 문장의 효과를 톡톡히 봤구나 하는. 역시 글을 잘 쓰는 저자는 뭐가 달라도 다르다는 감탄을 하게 됐달까.

하지만 그것도 잠깐. 그저 감탄만 하고 있을 수만은 없었다. 나 또한 같은 내용을, 소원이라고 하기엔 좀 그렇지만, 아무튼 바란 적이 있었다는 걸 깨달았기 때문이다. 그 순간부터는 문제의 첫 문장을 읽으면서 느낀 놀라움보다 그 깨달음이 주는 놀라움이 외려 더 커지기 시작했다. 내 안에 도저히 감당할 수 없는 충격이 가해졌다. 결국 나는 저자가 처음부터 의도하진 않았을망정 그 첫 문장이 만들어 낸 의외의 효과에 부르르 몸을 떨 수밖에 없었다.

문제의 첫 문장은 바로 "나의 소원은 인류 멸망이다"였다.

이 책의 초반부에서, 길게 이어지는 한 문장을 나누어 쓰고 난 뒤에 내용의 변화가 많으면 많을수록 처음 길게 쓴 문장의 완성도가 떨어지는 거라고 말씀드린 적이 있죠. 지금 다시 길게 쓴 문장을 짧은 문장으로 나누고 보니 앞에서 했던 것보다 변화가 적어서, 저 또한 이 책을 쓰면서 글쓰기 실력이 늘었다는 생각이 드네요.

여러분은 어떤가요? 저 앞에서 처음 해 봤을 때보다 훨씬 나아졌나요? 부디 그렇기를 바랍니다.

짧은 문장을 쓸 때 주의해야 할 사항이 몇 가지 있습니다.

우선 앞에서 언급한 바 있는 접속부사와 지시대명사의 쓰임입니다. 긴 문장을 쓸 때도 조심해야 하지만, 특히나 짧은 문장이 이어지는 글을 쓸 때는 접속부사와 지시대명사가 더 돌올해 보이기 때문에 꼭 써야 할 때가 아니라면 쓰지 않는 것이 좋습니다.

둘째, 말없음표, 말줄임표라고 부르는 '……'는 되도록 쓰지 않는 게 좋습니다. 대화 중에 등장하는 누군가의 말 안에 들어 있는 거라면 어쩔 수 없지만, 그렇지 않고 자기 문장을 쓰면서 말줄임표를 남발하는 건 미처 글을 쓸 준비가 되지 않았다는 걸 드러낼 뿐입니다.

셋째, 주어를 반복적으로 쓰게 되면 의도하지 않았어도 해당 주어가 강조될 수 있으니 문장 안에 숨길 수 있다면 숨기는 것이 좋습니다. 제가 앞에 쓴 짧은 문장의 글에서도 주어가 감춰져 있는 걸 확인하실 수 있을 겁니다. 첫 문장부터 그렇죠? 짧은 문장의 경우 주어를 지나치게 노출해 쓰면 독자가 글을 읽으면서 머릿속에 자칫 주어만 남길 수 있으니 주의하셔야 합니다.

넷째, 문장의 끝에 붙는 '‒이다' 혹은 그 준말인 '‒다'를 서술격 조사라고 부르는데, 짧은 문장으로 이루어진 글을 쓸 때는 이 서술격 조사를 생략하거나 아니면 다른 종결어미(가령 '―ㄹ까'나 '―ㄴ가')로 바꿔 쓰거나 그도 아니면 아예 서술격 조사나 종결어미를 과감히 생략한 문장을 중간중간 섞어 주시는 게 좋습니다.

제가 쓴 글에도 '―ㄹ까' 같은 종결어미를 쓰거나 ("설령 그런 소원을 갖게 되었더라도 굳이 공공연하게 밝힐 필요가 있었을까") 과감히 생략한 문장("자신이 쓰는 책의 한 문장에, 그것도 한 꼭지의 첫 문장에?", "첫 문장의 효과를 톡톡히 봤구나 하는", "하지만 그것도 잠깐")이 보이시죠. 리듬 때문입니다. 읽을 때마다 '다'가 툭툭 튀어나오면 마치 '다다다다' 하고 오토바이가 달려가는 것처럼 느껴질 수 있으니까요. 긴 문장으로 이루어진 글에서도 거슬리는데 짧은 문장으로 이루어진 글에서야 오죽하겠습니까. 실제로 한국 소설가들이 질색하는 것 중 하나가 죄다 '―다'로 끝나면서 이어지는 문장이라는 이야기를 어디선가 읽은 기억이 나네요.

마지막으로 가장 중요한 것이 있는데 그건 마지막 장에서 설명드리겠습니다.

24
{ 문장과 문장 사이 }

인간은 한자로 '人間'이라고 쓰죠. 사람 인人에 사이 간間. 예전엔 인간이 사회적 동물이기에 관계 안에서만 규정되는 존재라 사이 간間을 썼으려니 했는데, 요즘은 생각이 달라졌습니다. 다른 동물과 달리 사람人은 각자 자기만의 사이間를 가지고 태어난다는 의미로 해석하고 싶어졌습니다. 여기서 사이란 다른 동물로 치면 '종種과 종 사이' 거리쯤 된다고 할 수 있을까요.

말하자면 인간은 물리적으로 한없이 약한 존재라 어쩔 수 없이 사회를 이루며 살 수밖에 없지만, 그럼에도 개별성이 중요한 의미를 갖는 존재인지라 각자가 타고 나는 '사이'를 존중받지 못하면 더는 인간이라고 할 수 없다는 거죠. 그러니 좁은 공간 안에 많은 사람을 몰아넣는 물리적 폭력은 물론, 사회적 동물이라는 구실로 전체를 위한 무조건적인 희생을 강요하는 정신적 폭력 또한 사람으로 하여금 '자신만의 사이'를 잃어버리게 만드는 비인간적인 행위일 수밖에 없겠죠. 어떤 상황에서도 우리 각자가 가진 '자기만의 사이'가 존중받는 사회가 바람직한 사회인 건 우리가 단순히 인종人種이 아니라 인간人間으로 살기 때문이라는 게 제 생각입니다. 물론 그 사이가 다른 사람이 가진 사이와 일정한 관계를 유지할 때 의미를 갖는다는 건 굳이 강조할 필요가 없겠지만요.

문장도 마찬가지라고 생각하면 어떨까요? 무리일까요?

인간을 인간으로 규정해 주는 게 '사이'이듯이, 문장을 문장으로 규정해 주는 것 또한 문장과 문장 사이의 거리라고 생각해 보면 어떨까요. 따라서 그 '사이'는 글 안에서 늘 일정하게 유지되어야 합니다. 어느 쪽엔 가까이 붙고 어느 쪽과는 멀찌감치 떨어져 있다면 각각의 문장이 제 의미를 잃게 되기 때문이죠. 께느른한 오후의 풍경을 묘사한 글이든 긴박감 넘치게 용의자를 쫓는 형사를 묘사한 글이든 같은 글 안에서는 문장과 문장 사이의 거리가 일정하게 유지되어야 께느른함이 되었든 긴박감이 되었든 제대로 표현될 수 있죠. 앞에서도 여러 번 말씀드렸다시피 말은 불명확하게 얼버무릴 수 있지만 글은 얼버무렸다는 걸 정확하게 묘사해야 하기 때문입니다. 말하자면 불명확함이 명확하게 드러나도록 써야 하는 게 글이니까요.

내가 쓴 글에서 문장과 문장이 일정한 거리를 유지하도록 만들고 싶다면 당연히 연습을 해야 합니다. 더구나 짧은 문장으로 이루어진 글을 쓸 때는 그 거리를 유지하는 게 생각만큼 쉽지 않습니다. 대표적인 것이 중언부언 같지 않은 중언부언과 동어반복 같지 않은 동어반복이죠. 다음 문장을 보실까요.

출근길인데 도로가 꽉 막혔다. 벌써 정체가 시작되었다. 눈에 보이는 건 온통 차뿐이다. 앞에도 차 옆에도 차 뒤에도 차가 꽉 막혀 있다. 꽉 막힌 도로 위에서 차 안에 앉아 안절부절못해 봐야 무슨 소용인가. 벌써 후회가 밀려온다. 아침에 조금만 더 일찍 일어날걸 하는 후회가 자꾸 밀려온다. 알람을 맞춰 놨는데도 금방 일어나지 못했는데 다 내 잘못이다. 이불 속에서 좀 더 따뜻하게 누워 있고 싶어서 뭉그적거리다 보니 늦고 말았는데 정말 후회가 된다. 후회해 봐야 소용없겠지만…… 누굴 탓하겠는가. 요즘 지각을 자주 해서 안 그래도 찍혔는데 또 지각하게 생겼다. 어제 회식에서 팀장님이 지각하지 말라고 말한 게 기억났다. 팀장님이 오늘 평택 공장에 출장 간다고 했던 것 같은데 그럼 내가 운전을 해야 하는 걸까. 지난번 출장길에도 내가 운전을 했는데 팀장님한테 운전 잘한다고 칭찬받아서 기분 좋았는데…… 나는 대체 왜 이러는 걸까…… 알다가도 모르겠다. 매번 후회하면서…… 내일도 역시 또 이러고 있을 게 뻔하다. 다음부턴 다시는 그러지 말아야지 하고 다짐에 다짐을 해봐도 달라지지 않는다.

짧은 문장으로 이루어진 글이네요. 출근길 차로 꽉 막힌 도로에서 안절부절못하고 있는 화자의 모습이 눈에 선하게 그려지는군요. 대체로 잘 쓴 글이지만, 어쩐지 읽다 보니 저도 따라서 안절부절못하게 되는 느낌입니다. 왜일까요?

화자가 안절부절못하는 이유와 독자인 제가 안절부절못하는 이유는 좀 다릅니다. 화자는 당연히 늦게 일어나서 이미 정체된 도로에 갇혀 버린 탓에 지각할 게 뻔하기 때문이겠죠. 반면 독자인 저는 글이 대략 세 부분으로 나누어진 상태에서 각각의 부분에서 문장들이 서로 다닥다닥 붙어 있기 때문입니다. 뭐랄까 강박증 환자의 진술처럼 읽힌달까요.

화자는 문장과 문장 사이의 거리를 처음부터 끝까지 일관되게 유지하지 못했습니다. 출근길 정체된 도로 풍경과 늦잠을 자서 일찍 나오지 못한 상황 그리고 회사의 일정까지 모두 세 부분으로 나누어 서술했는데, 각각의 부분을 살펴보면 중언부언과 동어반복이 이어지면서 문장이 온통 겹쳐 있는 걸 볼 수 있습니다. 반면 세 부분은 서로 멀리 떨어져 있고 말이죠.

그럼 똑같은 내용의 글을 우리가 연습한 방법을 적용해서 바꿔 볼까요? 우선 한 문장으로 길게 써 보겠습니다.

아침에 늦잠을 자는 바람에 차를 몰고 도로에 나갔을 땐 이미 교통 체증에 시작되고 말았는데, 알람을 맞춰 놓고도 따뜻한 이불 속에 조금 더 누워 있고 싶어 뭉그적대다가 다시 깜빡 잠든 걸 후회해 봐야 소용없겠지만, 어젯밤 회식 자리에서 팀장님이 다시는 지각하지 말라고 경고한 게 떠올라 더 끔찍해진 데다가 오늘 평택 공장으로 출장을 가는 길에 내가 동행해서 운전을 해야 한다는 데까지 생각이 미치자 앞뒤와 양옆에 가득 늘어서 있는 차량이 나를 옥죄어 오는 벽처럼 느껴졌는데, 매번 다시는 늦장을 부리지 말자고 다짐을 하면서도 지각을 되풀이하는 나 자신이 한심스러우면서도, 지난번처럼 출장길에 운전 실력을 제대로 보여 준다면 팀장님에게 다시 칭찬을 받을 수도 있다는 생각에 그나마 위로를 받으며 운전대를 다잡았다.

이번엔 같은 글을 여러 문장으로 나누어서 다시 써 보죠.

아침에 늦잠을 자는 바람에 차를 몰고 도로에 나갔을 땐 이미 교통 체증이 시작되고 말았다. 알람을 맞춰 놓고도 따듯한 이불 속에 조금 더 누워 있고 싶어 뭉그적대다가 다시 깜빡 잠든 걸 후회해 본들 소용없는 일이었다. 게다가 어젯밤 회식 자리에서 팀장님이 다시는 지각하지 말라고 경고한 게 떠올라 더 끔찍해졌을뿐더러, 오늘 평택 공장으로 출장을 가는 길에 내가 동행해서 운전을 해야 한다는 데까지 생각이 미치자 앞뒤와 양옆에 가득 늘어서 있는 차량이 나를 옥죄어 오는 벽처럼 느껴지기까지 했다. 매번 다시는 늦장을 부리지 말자고 다짐을 하면서도 지각을 되풀이하는 나 자신이 한심스러웠다. 그래도 지난번처럼 출장길에 운전 실력을 제대로 보여 준다면 팀장님에게 다시 칭찬을 받을 수도 있다는 생각에 그나마 위로를 받으며 운전대를 다 잡았다.

다음 순서는 짧은 문장으로 다시 써 보는 거겠죠.

늦잠을 자고 말았다. 서둘러 도로에 나섰지만 이미 교통 체증이 시작된 뒤였다. 알람을 맞춰 놓고도 따뜻한 이불 속에 조금 더 누워 있고 싶어 뭉그적대다 다시 잠든 것이다. 후회해 본들 무슨 소용이겠는가. 불현듯 어젯밤 회식 자리에서 팀장님이 다시는 지각하지 말라고 경고한 게 떠올랐다. 끔찍했다. 게다가 오늘 평택 공장 출장길에 내가 동행해서 운전을 해야 한다. 거기까지 생각이 미치자 앞뒤와 양옆에 가득 늘어서 있는 차량이 나를 옥죄어 오는 벽처럼 느껴지기 시작했다. 매번 다시는 늦장을 부리지 말자고 다짐하면서도 지각을 되풀이하는 나 자신이 한심스러웠다. 그래도 절망만 엄습한 건 아니었다. 지난번처럼 출장길에 운전 실력을 제대로 보여 준다면 팀장님에게 다시 칭찬을 받을 수도 있기 때문이었다. 그 생각으로 위로를 받으며 운전대를 다잡았다.

눈치채셨나요? 결국 지금까지 우리가 연습해 온 모든

과정이 이처럼 분명한 의미를 갖는 짧은 문장으로 '나만의 것'을 '모두의 언어'로 정확하게 표현한 글을 쓰기 위한 훈련이었노라고, 자화자찬하기 위해 이 마지막 장을 배치했다는 걸 말입니다. 이제 남은 건 여러분 각자가 문장을 자신에게 맞게끔 세밀하게 다듬는 것이겠죠.

앞에서 여러 번 말씀드렸다시피 글쓰기는 인위적이고 작위적인 행위입니다. 그러니 '내 생각이나 기분을 글로 간단히 표현하는 것도 못 하다니'라고 자책하실 필요 없습니다. 외려 그게 자연스러운 거니까요. 자책감은 떨어 버리시고 수영이나 스케이팅을 익힌다고 생각하시면서 글쓰기를 연습해 보시기 바랍니다. 이제 제가 할 수 있는 건 여러분에게 행운을 빌어드리는 것밖에 없겠네요.

행운을 빕니다!

한국어 문장을 이루는 구성 성분은 모두 5언 9품사로 이루어져 있습니다. 우선 여러분도 잘 아시는 체언과 용언이 있죠. 체언에는 대명사, 명사, 수사가 있고, 용언에는 동사와 형용사가 있습니다. 체언 앞에서 체언을 꾸미는 관형사와 용언 앞에서 용언을 꾸미는 부사를 수식언이라고 하고, 체언 바로 뒤에 붙어서 마치 수행비서와 같은 역할을 하는 조사는 관계언이라고 합니다. 감탄사는 따로 독립언이라고 부르고요.

이 중에서 가장 문제가 되는 건 역시 체언과 용언이죠. 체언은 기업으로 치면 CEO나 임원급에 속한다고 할 수 있습니다. 출근할 때 입었던 양복 차림 그대로 수행비서인 조사가 이끄는 대로 이런저런 회의나 행사에 얼굴을 내비쳤다가 퇴근하면 되죠.

용언은 사정이 다릅니다. 용언에 속하는 동사와 형용사는 9품사 중에 유이하게 기본형과 활용형이 있는 품사거든요. 가령 '가다'라는 동사를 '나 가다', '너 가다',

'그 사람 가다' 하는 식으로 쓸 수는 없잖아요. '가서, 가니, 갈망정, 갈뿐더러, 갔더니, 갔구려, 갔다'처럼 매번 상황에 맞게 활용해 써야만 하죠. 말하자면 용언은 출근해서 활용형이라는 작업복으로 갈아입어야 합니다. 그러고는 죽어라 일을 해야 하죠. 자신이 원래 입고 출근했던 복장(기본형)이 무엇이었는지 잊을 정도로 정신없이 일을 해야 합니다.

'라면이 **불은** 뒤에 먹으면 맛이 없다'가 맞을까요, 아니면 '라면이 **분** 뒤에 먹으면 맛이 없다'가 맞을까요? '체중이 **불은** 뒤로는 옷이 맞지 않는다'가 맞는 표현일까요, 아니면 '체중이 **분** 뒤로는 옷이 맞지 않는다'가 맞는 표현일까요? '불은'으로 활용되는지 '분'으로 활용되는지 헷갈리는 이 동사의 기본형은 과연 뭘까요?

기본형은 '붇다'이고 '불어, 불으니, 붇게, 붇지, 붇는, 불은, 불을, 불었다'로 활용됩니다. 눈치채셨는지 모르겠지만 뒤에 모음이 오면 받침 'ㄷ'이 'ㄹ'로 바뀌고, 자음이 올 때 'ㄷ' 받침이 그대로 유지됩니다. 무척이나 헷갈려 보이지만 사실 저나 여러분이 평소에 아주 쉽게 가려 쓰는 활용입니다. '걷다'의 활용과 똑같거든요. '걸어, 걸으니, 걷게, 걷지, 걷는, 걸은, 걸을, 걸었다'. 이걸 헷갈려하실 분은 안 계시겠죠. 그러면 똑같은 활용인데

'걷다'는 아무 문제 없이 활용해 쓰면서 '붇다'의 활용형은 헷갈리는 이유가 뭘까요. 그건 아마도 어려워서가 아니라 낯설어서일 겁니다. 평소에 써 보지 않아서 늘 쓰는 '걷다'와 같은 활용인지 몰랐던 것뿐이죠.

이처럼 용언은 제대로 쓰이지 않는 대신 체언은 문장에서 중요한 역할을 맡고 있는 만큼 늘 잘 대접받곤 합니다. 하지만 안타깝게도 한국어 문장은 대부분 용언으로 끝나죠. '나는 남자이다'의 '–이다'나 그 준말인 '–다' 같은 서술격 조사도 사전을 찾아보면 "용언처럼 활용을 한다"라고 나와 있을 만큼 대부분의 문장이 용언으로 마무리된다고 해도 지나치지 않습니다. 그러니 체언만 대접해서는 제대로 된 문장을 구사하기 어려울 수밖에 없겠죠.

용언이 얼마나 홀대를 당하고 있는지 알아볼까요.

우리의 모든 희망의 실현을 위하여.

누가 이런 문장을 쓰겠어 하실지 모르겠지만 생각보다 흔히 마주치게 되는 문장입니다. 우선 "우리의"의 '의'는 체언에 붙은 조사이니 '우리'는 체언이고, "모든"은 앞에서 말씀드린 대로 체언 앞에 와서 체언을 꾸미는 역할을 하는 관형사이며, "희망의" 또한 체언과 조사의 결합인 데다, "실현을"의 '을'도 조사이니 '실현'도 체언으로 쓰였습니다. 결국 "위하여" 하나만 용언인 셈이죠. 문장의 구석으로 밀릴 대로 밀린 상태입니다. 모르긴 해도 이 용언은 정규직도 아닐 겁니다.

이 문장을 원래는 이렇게 썼습니다.

우리의 희망이 모두 실현되기를 바라며.

"우리의"는 아까하고 같습니다. 하지만 "희망이"의 경우 주격 조사 '이'로 경계를 지으면서 다음에 "모두"라는 부사가 올 자리가 마련되죠. 아까 말씀드린 대로 부사는 용언 앞에서 용언을 꾸미는 역할을 하니 다음에 "실현되기를"과 "바라며"라는 용언이 올 수 있는 거죠. 체언이 체언의 자리에서 자신의 역할을 하고 용언이 용언의 자리에서 제 역할을 하는 문장에는 부사가 들어갈 공간도 자연스럽게 마련된다고 할 수 있습니다.

사람들이 왜 자꾸 체언 위주의 문장을 구사하는지 그 이유는 잘 모르겠습니다. 언어사회학을 연구하시는 분이라면 명확한 답변을 내놓으실는지 모르겠군요.

'인생은 아름답다', '인생은 아름다워'라고 해도 될 것을 굳이 '인생이라는 것은 아름다운 것이다'라고 쓰거나 심지어 '인생이라고 하는 것은 아름다운 것이다'라고 쓰는 것이 체언 위주의 문장을 고집하는 대표적인 사례라고 할 수 있겠네요.

그렇다면 가장 대표적인 체언 위주의 글은 뭘까요? 저는 보고서라고 생각합니다. 따라서 보고서는 '읽는 글'이 아니라 '보는 글'이라고 할 수 있겠죠. 보고서는 정해진 프로젝트를 진행하면서 어떤 과정을 거쳐 어떤 결과를 냈는지만 드러내면 되는 글이잖아요. 굳이 읽을 필요도 없는 글이죠. 보면서 확인만 하면 끝나는 글입니다. 그러니 보고서를 쓰면서 문체를 고민하고 이 글이 어떻게 읽힐까, 공감을 얻을 수 있을까 걱정할 필요는 없겠죠. '보는' 사람도 마찬가집니다. 어지간해서는 보고서를 쓴 사람의 심리 상태를 파악하고 상담을 해 주겠다는 의지를 갖고 보지 않을 테니까요. 확인만 할 뿐이죠.

그럼 가장 대표적인 용언 위주의 글은요? 당연히 연애편지죠. 연애편지는 동서고금을 막론하고 똑같은 내용을 담고 있습니다. '당신을 사랑합니다'죠. 그렇다고 해서 연애편지를 받고 어차피 아는 내용인데 하고 던져 버리는 사람은 없을 겁니다. 외려 더 두근두근 떨리는 가슴을 다독여 가며 읽게 되죠. 그 마음을 느껴야 하니까요. 그래서 연애편지는 '읽는 글'입니다. 보는 것으로 끝나서는 안 되는 글이죠. 읽고 공감을 얻기 위해서 가장 기본이 되는 조건이 바로 용언, 즉 동사와 형용사의 활용입니다. 마음의 형용이 움직여야 하니까요.

따라서 특정한 한 사람이든 불특정 다수든 누군가의 공감을 얻기 위해 쓰는 글이라면 체언보다는 용언이 제 역할을 하는 문장을 구사해야 합니다. 그러니 여러분이 쓴 문장이 어쩐지 잘 읽히지 않는다 싶으면 혹시나 용언으로 끝까지 풀어내지 못한 채 체언으로 뭉쳐진 부분이 많지 않은지 살펴보셔야겠죠.

각각의 문장을 다 살펴 드릴 수는 없지만 간단한 팁을 드리자면 여러분이 쓰신 글을 화면에 띄우거나 출력한 뒤 내용은 신경 쓰지 말고 다음 사항을 체크해 보시기 바랍니다.

- 의존명사 '것'을 얼마나 많이 썼는지
- 조사 '의'를 얼마나 많이 썼는지
- '대한' 혹은 '대해'를 얼마나 많이 썼는지

만일 이 표현들을 여러 번 반복해서 썼다면 한두 개만

제외하고 나머지를 다른 표현으로 바꿔 보세요. 글이 훨씬 읽기 편해질 겁니다.

열 문장 쓰는 법
: 못 쓰는 사람에서 쓰는 사람으로

2020년 3월 4일   초판 1쇄 발행
2024년 7월 24일   초판 9쇄 발행

지은이
김정선

펴낸이	**펴낸곳**	**등록**
조성웅	도서출판 유유	제406-2010-000032호(2010년 4월 2일)

주소
경기도 파주시 돌곶이길 180-38, 2층 (우편번호 10881)

전화	**팩스**	**홈페이지**	**전자우편**
031-946-6869	0303-3444-4645	uupress.co.kr	uupress@gmail.com

	페이스북	**트위터**	**인스타그램**
	facebook.com	twitter.com	instagram.com
	/uupress	/uu_press	/uupress

편집	**디자인**	**마케팅**
전은재, 이경민	이기준	전민영

제작	**인쇄**	**제책**	**물류**
제이오	(주)민언프린텍	라정문화사	책과일터

ISBN 979-11-89683-33-7 04800
         979-11-85152-36-3 (세트)

우리말
공부

동사의 맛
교정의 숙수가 알뜰살뜰 차려 낸 우리말
움직씨 밥상
김정선 지음

20년 넘도록 문장을 만져 온 전문
교정자의 우리말 동사 설명서.
헷갈리는 동사를 짝지어 고운 말과
깊은 사고로 풀어내고 거기에 다시
이야기를 더해 재미있게 읽을 수
있도록 했다. 일반 독자라면 책 속
이야기를 통해 즐겁게 동사를 익힐
수 있을 것이고, 우리말을 다루는
사람이라면 사전처럼 요긴하게 쓸 수
있을 것이다.

내 문장이 그렇게 이상한가요?
내가 쓴 글, 내가 다듬는 법
김정선 지음

어색한 문장을 살짝만 다듬어도 글이
훨씬 보기 좋고 우리말다운 문장이
되는 비결이 있다. 20년 넘도록 단행본
교정 교열 작업을 해 온 저자 김정선이
그 비결을 공개한다. 저자는 자신이
오래도록 작업해 온 숱한 원고들에서
공통으로 발견되는 어색한 문장의
전형을 추려서 뽑고, 문장을 이상하게
만드는 요소들을 간추린 후 어떻게
문장을 다듬어야 유려한 문장이 되는지
요령 있게 정리해 냈다.

끝내주는 맞춤법
쓰는 사람을 위한 반복의 힘
김정선 지음

30년 넘게 다른 사람이 쓴 글을 읽고 다듬어 온 교정 교열 전문가 김정선이 사람들이 가장 많이 틀리는 맞춤법 실수를 수집해 '맞춤법 끝내기 책'을 내놓았다. 어문 규범의 이해를 돕는 책이 아니라 필요한 부분만 반복해서 보고 쓰도록 해서 이미 가진 지식을 '체득'할 수 있게 돕는 책이다.
총 20단계로 구성, 저자가 직접 만든 3,000개의 예문이 수록되어 있다. 독자는 이 예문을 문제 삼아 앞에서부터 차근차근 풀어 나가기만 하면 된다. 공부책이자 참고서로, 문제집이자 연습장으로 활용할 수 있는 이 책이 우리 모두를 '맞춤법의 늪'에서 벗어날 수 있게 도울 것이다.

우리말 어감사전
말의 속뜻을 잘 이해하고 표현하는 법
안상순 지음

사전 편찬의 장인이 국어사전에 다 담지 못한 우리말의 '속뜻'. 확실히 검증된 객관적인 의미만을 간결하게 수록하는 사전에서는 쉽게 드러내기 어려웠던 편찬자의 고민과 생각이 알뜰하게 담겨 있다. 가령 '가치'와 '값어치', '헤엄'과 '수영'은 비슷하지만 어감, 뉘앙스, 말맛, 쓰임 등이 다르다. 하지만 지금의 사전은 이 섬세한 차이를 제대로 보여 주지 못한다. 저자는 사람들이 흔히 쓰는, 뜻과 쓰임에 공통점이 있는 낱말들을 찾아 모으고 속뜻을 궁리해서 어감의 차이가 발생하는 지점을 명확하게 보여 준다.
언어는 말로 명료하게 표현할 수 있는 '명시적 지식'이라기보다 무의식에 내면화된 '암묵적 지식'이기에 우리는 이미 비슷한 단어를 구분해 쓰면서도 그 말들이 왜 다르며 무엇이 다른지 설명하지 못한다. 이 책은 바로 이런 상황에서 명쾌한 답을 주는 지침서가 될 것이며, '찾아보는 사전'을 넘어 '읽는 사전'의 가능성을 보여 준다.

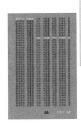